U0920124

孙大雨译文集

上海译文出版社

萝密欧与琚丽晔

威尼斯商人

目 录

· 萝密欧与琚丽晔 ·

［英］莎士比亚　著

William Shakespeare

ROMEO AND JULIET

本书根据 W. G. Clark and W. A. Wright 剑桥本译出

译 序

在我的一生中，总共翻译了八部莎剧，其中六部是集注本，另外两部则只有极少的注解。为什么这后两部没有采用著名的阜纳斯（H. H. Furness）新集注本移译而使八部莎译都体例一致呢？

我开始尝试用汉字音组这一格式对应莎剧诗行中的英文音步，作了莎剧翻译的实践，那是在三十年代初，我用韵文体所试译《黎琊王》（*King Lear*）片段曾发表于徐志摩主编的新月《诗刊》第二期（1931.4）一九三四年九月，我正式翻译了这一莎氏著名悲剧，到一九三五年译竣，后经两度校改修订，又因八年抗战的耽误，迨至一九四八年十一月才由上海商务印书馆出版了该书的两卷集注本。在六十年代前期、“文革”前的几年里，我在身背“右派”重负的艰难境况下，又译了《罕秣莱德》、《奥赛罗》、《麦克白斯》、《暴风雨》和《冬日故事》五部莎剧集注本。幸亏我的女儿孙佳始和女婿孙近仁医师预见到在随后发生的“文化大革命”所必然会加给我的厄运，抢在抄家发生之前，帮我转移藏匿了这几部手稿，否则这些译稿必定招致毁灭的命运，现在就不可能有与读者见面的机会。

“文革”初期，在一九六六年八月的一次毁灭性抄家中，几乎抢走了我家里的一切生活资料，当然也包括我的藏书在内，我珍藏的许多莎翁著作及有关的工具书都离我而去。即使在“文革”那样的逆境中，我仍未忘怀自己心爱的莎译事业，又译了《萝密欧与琚丽晔》及《威尼斯商人》两部没有集注的莎剧，因为那时我已失去了以往藉以翻译的阜纳斯新集注本原作。

这便是我所译八部莎剧为何没有体例一致、没有都是集注本的缘由。

《萝密欧与琚丽晔》在莎氏一生所写的三十七部诗剧中，是知名度较高的一出戏，这大概与人们感兴趣的爱情这一文学的永恒主题贯串全剧有关；但它是莎氏较早期的作品，在人物性格刻画与写作技巧上并不算莎氏最成熟的作品。

本剧两个主角的名字过去往往被音译为罗密欧与朱丽叶。罗与朱在中文里都是姓氏，而萝密欧则是一位青年的名字，他姓芒太驹，琚丽晔是一位姑娘的名字，她姓凯布莱忒，为免一般读者在姓与名上的习惯联想，我将这出戏的题名译为《萝密欧与琚丽晔》。也有将男主角音译为柔蜜欧的，虽未尝不可，但我以为这出戏尽管以爱情为主线，一对男女主角又爱得死去活来，然而男主角的性格有勇武刚强的一面，并非那种性格软弱只有柔情蜜意的多情公子，为免读者不适当的联想，即使是音译，似乎也有值得推敲的地方。

此外，我对这一剧本没有更多的话要说。

孙大雨

一九九三年十一月二十日

（孙近仁　记录整理）

萝密欧与琚丽晔

剧中人物

蔼斯恺勒斯 樊洛那城邦的亲王

巴列斯 一青年贵胄，亲王的亲属

芒太驹、**凯布莱忒** 两家世仇的家长

一老人 凯布莱忒的表兄

萝密欧 芒太驹的儿子

茂科休 亲王的亲属，萝密欧之友

班服里奥 芒太驹的侄子，萝密欧之友

铁鲍尔忒 凯布莱忒夫人的内侄

托钵僧劳伦斯、**托钵僧约翰** 法朗昔斯宗僧人

鲍尔萨什 萝密欧之仆

赛普森、**葛莱高来** 凯布莱忒家的仆人

彼得 琚丽晔乳母的仆人

亚伯拉罕 芒太驹家的仆人

卖药人

乐工三人

合唱队

巴列斯的僮儿；另一僮儿；

一吏卒

芒太驹夫人

凯布莱忒夫人

琚丽晔　凯布莱忒之女

琚丽晔的乳母

樊洛那市民们；两家男女亲戚数人；蒙面舞伴数人；卫士数人，巡丁数人，仆从数人

剧景：大部分在樊洛那；第五幕在孟都亚

启 幕 词

樊洛那名城有两家世族，
　　它们彼此间荣显正相当；
陈年的旧怨激发起新毒，
　　民庶中溅血将白手弄脏。
从这两姓宿仇家诞生出
　　一双命定了运蹇的恋人；
他们那灾重悲深的夭折
　　消除了两家尊亲的仇恨。
他们钟情到死也不稍休，
　　使得双方的爹娘敌意解；
如今两小的丧亡令人愁，
　　展现在台上供众位消夜。
士女们倘能耐心看和听，
现交代过简处下面会偿清。　［下。

第　一　幕

第　一　景

［樊洛那。一广场。］

［凯布莱忒家仆人赛普森与葛莱高来持剑盾上。

赛普森　葛莱高来，我打赌，咱们不来搬乌煤。

葛莱高来　不搬，因为要是搬的话，咱们就成了煤污徒了。

赛普森　我是说，咱们要是恼了，就得拔刀子。

葛莱高来　对，一个人活着就得从领口里挺出脖子来。

赛普森　给惹动了性子，我马上动家伙。

葛莱高来　可是你不轻易给惹得动家伙。

赛普森　芒太驹家一条狗就能惹得我发火。

葛莱高来　惹动就是激动，有胆量的站着不动：所以，你若是给惹动，你就逃走。

赛普森　那家一条狗就会惹得我挺起腰杆来：芒太驹家不管是男是女，碰到我就像碰到一堵墙。

葛莱高来　那就显得你是个胆怯的奴才；因为最不中用的人靠着墙。

赛普森　不错；所以生性软弱的娘们，总给逼得去靠着墙：所以我要把芒太驹家的汉子们赶开墙根，把他家的女娘们逼得靠墙。

葛莱高来 争吵是咱们两家主仆汉子们中间的事。

赛普森 主仆男女都一个样，我要显得我是个凶王：我跟他家汉子们动武以后，就要对他家女娘们行强；我要割掉她们的脑袋。

葛莱高来 女娘们的脑袋？

赛普森 哎，女娘们的脑袋，或是搞掉她们的童贞奥袋；你要怎样理会随你的便。

葛莱高来 那就得看她们怎样感觉了。

赛普森 只要我能挺得住，她们就能感觉到我：我是闻名的一条肉枪有劲。

葛莱高来 还好，你不是条鱼：否则的话，你是软不济济不成器。拔出你的家伙来；芒太驹家有两个人来了。

赛普森 我的真家伙出了鞘：你跟他们去吵；我来帮你。

葛莱高来 怎么！你要转身逃跑吗？

赛普森 你放心。

葛莱高来 不，天知道；我可对你不放心！

赛普森 我们要在法理上占先；让他们先开头。

葛莱高来 我去对他们瞪白眼，让他们对我这下子去生受。

赛普森 不，瞧他们可敢。我要对着他们咬我的大拇指；要是他们忍受了，那对他们就是个侮辱。

［亚伯拉罕与鲍尔萨什上。

亚伯拉罕 你对我们咬你的大拇指吗，先生？

赛普森 我就是咬我的大拇指，先生。

亚伯拉罕 你对我们咬你的大拇指吗，先生？

赛普森 ［对葛莱高来］我若是说是的，法理可在我们这一边？

葛莱高来 不。

赛普森 [对亚伯拉罕] 不，先生，我不是对你咬我的大拇指，先生；可是我咬我的大拇指，先生。

葛莱高来 你吵架吗，先生？

亚伯拉罕 吵架，先生！不，先生。

赛普森 你要是吵架，先生，我奉陪：我侍候的那一位跟你的那一个同样高明。

亚伯拉罕 不见得高明。

赛普森 得了，先生。

葛莱高来 [对赛普森] 说“要高明”，这下来了我家主子的一个亲属。

赛普森 正是，要高明，先生。

亚伯拉罕 你撒谎。

赛普森 你们是男子汉的话，拔出家伙来。葛莱高来，别忘了你的撒手锏。[二人斗剑。

[班服里奥上。

班服里奥 分手，傻瓜！你们快把剑收起来，你们不知道自己在干什么。[打掉他们的家伙]

[铁鲍尔忒上。

铁鲍尔忒 什么，跟这些没心肝的狗才动武吗？
掉转头，班服里奥，瞧你这不要命。

班服里奥 我不过要保持平静；收起你的剑，
或是跟我来一同制止他们。

铁鲍尔忒 什么，你剑已出鞘，还要说平静！
我痛恨这胡说，正如我痛恨地狱、
所有芒太驹家的人，也痛恨你这贼：

吃我这一剑，胆小鬼！［二人交锋。

［两家各有若干人上，加入这混战；市民们手持棍棒上。

市民一　棍棒，钩刀，画戟！打击！打下来！
打倒凯布莱忒家人！打倒芒太驹家人！

［凯布莱忒身穿长袍，与凯布莱忒夫人同上。

凯布莱忒　什么事这么闹？拿我的长剑来，喂呀！

凯布莱忒夫人　拿拐棍，拿拐棍！为什么你要拿长剑？

凯布莱忒　拿我的剑来，我说！芒太驹那老货
来到了，挥舞着他的剑，对我挑衅。

［芒太驹与芒太驹夫人同上。

芒太驹　凯布莱忒你这个坏蛋！——别拉住，
放开。

芒太驹夫人　莫跨上一步去跟人争斗。

［亲王率侍从上。

亲　王　叛乱的臣民，破坏治安的暴徒们，
你们的刀剑浸渍着邻人的鲜血，
他们不听吗？喂呀！是人，是畜生，
你们用脉管里的紫血，来抑止自己
恶毒的狂怒所燃起的无名孽火；
我警告你们，若不听，我将用刑讯；
快从你们那血污的手里，把你们
用血淬的凶器抛掉，掷到地上去，
来听取你们震怒的亲王宣告。
起因于一句空言，老凯布莱忒，
还有芒太驹，你们已三次掀动了

市民的械斗，扰乱了街坊的安宁，
使得樊洛那年老的公民们不得不
丢开了他们庄重得体的装饰，
在他们习惯于晏安而衰颓的手中，
握上古旧的画戟，来分解你们
那病毒的仇恨：倘若你们再扰乱
我们的街坊，你们将付出生命来，
作为骚扰的代价。为这次事端，
你们其他人都离开：凯布莱忒，
你跟我同去；芒太驹下午来见我，
来听取我们的裁决，到自由老城去，
我们习常的裁判所。再宣告一声，
大家都马上离开，不散的处死。

［除芒太驹、芒太驹夫人及班服里奥外，皆下。

芒太驹 这一场宿衅是谁新挑起来的？
侄儿，你说，挑动时你可在场？

班服里奥 在我到来前，您对手家的几个仆人
正在跟您府上的几个仆人厮打：
我拔出剑来去分解他们：马上
赶来了火烈的铁鲍尔忒剑出鞘；
一壁厢他向我耳边吐恶言挑衅，
一壁厢他挥动武器嗖嗖响，剑刃
在他自己头上空呲呲呼啸着，
风受不了伤，对他发轻蔑的侮慢：
当我们正在冲刺劈击的那当儿，
人愈来愈多，帮这边或是帮那边，

直等到亲王来到，把双方都喝住。

芒太驹夫人 啊，萝密欧在哪里？你今天可见过他？
我非常高兴他没有加入这打斗。

班服里奥 伯母，当万众崇奉的太阳探出
东方那黄金的窗户之前一小时，
我由于心神不宁，到郊外去散步；
在城区迤西的一片枫树林中间，
我瞧见您儿子那么早已经在那里；
我向他走去；但是他一眼见到我
那时节，就匆忙隐避到树丛深处；
将我自己当时所感受的去忖度
他那片心情，独自一人时我想
找一个幽静的去处去盘桓片刻，
我兀自感觉到对自己心存厌烦，
为追求我自己的意趣，不去追踪他，
我乐于闪避他，正如他对我也闪避。

芒太驹 好几天一早有人在那里看到他，
用眼泪增加那清晨新鲜的晶露，
将深深的叹息在云层上增加层云：
当振奋众生的太阳在遥远的东方
开始从昧旦女神奥露拉的床上
拽开那层层阴暗的帐幕的时分，
我那个心情沉重的儿子便闪避
朝阳，躲回到家里来，在他寝室内
关闭了窗户，把美好的天光锁拒
在外边，形成了一个人工黑夜：

他这性癖肯定是阴郁而怪异，
除非洵良的规劝消除他的苦闷。

班服里奥 伯父，您知道他那烦恼的根由吗？

芒太驹 我既不知道，也无从向他问明白。

班服里奥 您可曾设法向他追问过那根由？

芒太驹 我自己和不少别的亲友都问过，
可是他，谨守着紧闭的心扉不申说，
对于他自己——我不知这话对不对——
他守口如瓶，缄闭得恁严严密密，
不让人家去探测或知情，正好比
一朵俏花蕾，在它正脉脉地含芳，
临空展放着它馨香四溢的花瓣，
向骄阳吐艳前，花苞被螟虫所啮。
只要我们能明了他为何要忧伤，
我们一知道，当尽力使他开怀。

班服里奥 瞧吧，他来了：请伯父母闪避；
我去问明他的忧愁，除非他不讲。

芒太驹 但愿你留下来去跟他对话，有幸
能得知真情。——去来，贤内，我们走。

［芒太驹与夫人同下。

［萝密欧上。

班服里奥 早安，兄弟。

萝密欧 天还是这么样清早吗？

班服里奥 才敲过九点钟。

萝密欧 唉，心沉时间长。
那是我父亲不是，走开得急匆匆？

班服里奥　正是。为什么心沉，萝密欧的时间
过得这样长？

萝密欧　因为我没有那东西；
有了时，就能使时间显得短。

班服里奥　在恋爱不成？

萝密欧　得不到——

班服里奥　失了恋？

萝密欧　我在恋爱，但不能得到她欢颜。

班服里奥　唉呀，那情爱，看起来如此温存，
实质上却是这么样粗暴凶狠！

萝密欧　唉呀，那情爱，它虽然还蒙头掩面，
不用眼睛，却能看透它的意向心田！
我们到哪里去就餐？哎呀！这里
有人打过架？不用说，我已听说过。
总是起因于仇恨，更或许为了爱，
可不是，嗨呀，打情！啊哈，骂俏！
无中却兀自生出一个什么来！
啊吓，沉重的轻飘！严肃的虚幻！
整齐的形式里产生浑沦的混乱！
铅铸的羽毛，亮的烟，冷的火，病里边
有健康！醒着的睡眠，名实全不符！
我感到这股情爱，可是我对于它
没有得到满足。你觉得可笑吗？

班服里奥　不好笑，兄弟，我倒有点儿想哭。

萝密欧　好心人，哭什么？

班服里奥　为见到你的好心

受压迫。

萝密欧 真是，这就是爱情的罪过。
我自己的悲伤重压在我这颗心上；
你把它繁殖，使你加重了感伤：
你显示出来的这同情，压在我已经
太多的悲伤上，这真是雪上加霜！
爱情乃是叹息所吹起的一阵烟；
净化后，情人眼睛里闪烁着火焰；
一搅扰，情人的眼泪变一泓海水；
它还是什么？是非常祥和的疯狂，
哽住着喉咙的苦胆，蜜渍的甘甜。
再见了，哥哥。 [临去。

班服里奥 且慢，我跟你一同去；
你若是这样丢下我，可对不起我。

萝密欧 莫做声，我失魂落魄，心不在焉啊；
这不是萝密欧，他是在别的地方。

班服里奥 认真告诉我，你可是爱上了谁呀。

萝密欧 什么，可要我挨受着痛苦告诉你？

班服里奥 挨痛苦！哼，用不到，只要你老实
告诉我是谁。

萝密欧 你这是叫一个病人认真写遗嘱；
啊，这对我太难了，我如此病重！
当真，哥哥，我确是爱上了个女人。

班服里奥 你是在恋爱，我猜得差不离儿吧。

萝密欧 这一箭你很准！我的这人可真美。

班服里奥 目标越是美，好兄弟，越好来射准。

萝密欧　　得了，那一箭你可没有能发射中：
邱璧特的箭射不中她这个美人儿；
她有黛阿娜的慧敏，而且她又有
那坚强的贞洁把她武装了起来，
小爱神软弱无力的弓箭便不能
损伤她分毫。她不会经受不了
浓情蜜爱的言辞围攻而陷落，
也不会忍耐闪闪含情的眼光，
去向她进逼，更莫说可以让诱惑
圣者的黄金打动她窈窕的心曲：
啊，美丽乃是她的财富，只可惜
她一旦物化，那美貌将归于乌有。

班服里奥　　那么，她可曾立过誓终身守贞吗？

萝密欧　　她确曾立过誓言，为了那珍惜，
造成了巨大的浪费；因为她那美，
在她的严酷中忍受饥饿，斩除了
替后世流传那美貌的机会。她是
太俏丽，太智慧，聪明又加上姣好，
应该有，却失掉极乐，故使我绝望：
她已经立过誓舍弃了爱情，因而
我在死亡里活着，来告你这件事。

班服里奥　　听我的劝告，忘了她，别再去想念。

萝密欧　　请教我怎么样去忘掉思念。

班服里奥　　给你的眼睛以充分浏览的自由；
多注视几位娟秀。

萝密欧　　越多看越觉得

她绝色无双。那些个吻着美姣娘
娇额的幸运的面罩，因为是黑的，
使我们想起它们所掩盖的面庞
多么娇艳。一个人若突然失了明，
永远不能忘记他丧失的目光中
那宝贵的形象：给我看一位芳姿
绝世的俏佳人，她那美貌只除了
使我记起来另有个人儿比较她
更娇媚以外，可还有些什么作用？
再会了：你不能教我怎样去忘记。

班服里奥 我一定要证明我有理，决不放弃。 ［同下。

第 二 景

［一街道。］

［凯布莱忒、巴列斯及仆人上。

凯布莱忒 可是芒太驹跟我同样地受约束，
责罚也相同；我想，像我们这么样
上了年纪的，来遵守治安并不难。

巴列斯 你们两位都是很闻名的显贵；
很可惜这么样长久关系恁紧张。
可是，老伯，您对我的高攀怎么说？

凯布莱忒 只是重复一遍我说过了的话：
我这个孩子对世事还陌生得很：
春去又秋来，她还没有到十四岁；

待再过两个夏天时，我们才思量，
她是否已经成熟了，可以当新娘。

巴列斯 比她年轻的已做了幸福的母亲。

凯布莱忒 这么早生育往往会未老而先衰。
世上的遭际已吞掉我一切希望；
她是我唯一的，照耀人间的光亮：
可是向她求爱吧，温雅的巴列斯，
先得她的欢心，我的允答不会迟；
若是她同意了，招致得雀屏中选，
要我的许诺，同声的赞可，很方便。
今晚上按往例我举行一次宴席，
邀请许多位爱好的宾朋来赴席；
您也是众多亲友中英俊的一位，
非常欢迎您，团聚得云蒸而霞蔚。
在我这寒舍，您今夜将会眼见到
暗夜天空中灿烂的群星在闪耀：
正如美貌的年轻人见到四月天
盛装而来，在跛足的寒冬身后边，
有那种感受，今晚上您在我家中，
面对着姑娘们含苞欲放的花丛：
有同样的享有；听到一切，看个饱，
最喜欢哪一个，在您眼里谁最好：
那个再见过几次，我女儿也不妨，
您可以定下来，但还不能算定当。
来吧，跟我去。［交纸片与仆］喂啊，你到樊洛那各
处走一遭：名单上写的各人家，

到那里去向他们一位位作邀请，
说我家宅院今晚上请他们赉临。

［凯布莱忒与巴列斯同下。

仆　人　把这里写下的人都去找到？这里写的是，鞋匠要跟码尺杆打交道，裁缝要楦头不离手，打鱼人要手上拿画笔，画师要张着网；可是我给吩咐去找在这里写着名字的各个人，不过我不知道写字的人在这里写些什么。我得去找个识字的。来得正好。

［班服里奥与萝密欧上。

班服里奥　悄声，人儿，新火焰把旧的能烧熄，
新生的痛苦可以把旧的减少；
转得头晕了，倒过来一转就好；
一桩绝望的悲伤，能消灭另一桩：
为你的眼睛找一个新的迷恋，
原来的病毒自然就会不沾边。

萝密欧　您的药草治那个倒是出色。

班服里奥　治什么，请问。

萝密欧　治您那跌伤的胫骨。

班服里奥　吓，萝密欧，你疯了吗？

萝密欧　没有疯，可是比疯人更不自由；
关在监狱里，不给什么东西吃，
给鞭打，受酷刑，并且——晚安，好朋友。

仆　人　祝晚安。请问，先生，您识不识字？

萝密欧　我识，我认识我自己愁苦的命运。

仆　人　也许您不是书中学到的；可是，
请问，您能看着字念出来吗？

萝密欧　　哦，我认得的文字我能念。

仆　人　　您说的实话，愿您快乐！

萝密欧　　别走，人儿；我能念。［念。

玛丁诺先生和他的妻子跟女儿们；安赛尔美伯爵和他美丽的姐妹们；居孀的维忒鲁维欧夫人；泊拉谦希欧先生和他几位漂亮的侄女小姐；茂科休和他的兄弟凡伦替纳；我叔父凯布莱忒同婶母和几位妹妹；我端丽的侄女罗姗琳；列维亚；凡伦希欧先生和他的表弟铁鲍尔忒；露奇欧和活泼的海勒娜。

好一群名士和淑媛：他们被邀请到哪里去？

仆　人　　请。

萝密欧　　哪里去？

仆　人　　去用晚餐；到我们家里。

萝密欧　　谁家？

仆　人　　我主人家。

萝密欧　　当真，我早该问你是谁家？

仆　人　　您不用问，我现在就来告诉您：我主人就是那富有的大人凯布莱忒；您若不是芒太驹家里的士子，请也来喝一杯酒。祝愿您快乐！　　［下。

班服里奥　　赴凯布莱忒家里这陈规的宴饮，
将有你如此为她颠倒的罗姗琳，
以及樊洛那所有的名媛闺秀：
到那里去吧，使用你未玷污的眼光，
将她的脸庞跟我给你看的比一下，
你自会觉得你那只天鹅是乌鸦。

萝密欧　　当我这眼力，这忠诚虔敬的信仰

能信那邪说时，让我的眼泪变火焰；
这一双眸子，虽常被水淹，却无恙，
让这对透明的邪教徒，因撒谎，烧成炭！
有人比我的恋人还要美！太阳，
它照见万物，还未曾见过那模样。

班服里奥 得了，你见到她美，因无人在近旁，
她对比她自己，在你眼中恰相当：
但在你水晶秤盘里，让我给你看
有一位绝色的姣娘，也今宵赴宴，
你将你所钟情的意中人和她比，
你的爱会风韵平凡，虽如今仪态奇。

萝密欧 我和你同去，不会有那样的美人，
我只是去叹赏我衷心倾倒的倩影。 [同下。

第 三 景

[凯布莱忒家中一室。]

[凯布莱忒夫人和乳母上。

凯布莱忒夫人 奶妈，我女儿在哪里？叫她来见我。

乳　母 凭着我十二岁时的童贞，我已经
叫过她。——喂啊，小羊儿！嗨，小鸟儿！
上帝保佑她！这姑娘在哪里？喂哟，
琚丽晔！

[琚丽晔上。

琚丽晔 什么？谁叫我？

乳　母　　　　　　　　你母亲。

琚丽晔　　　　　　　　母亲，我来了。

您叫我怎么说？

凯布莱忒夫人　是为这件事。——奶妈，你出去一下，

我们要私下谈。——奶妈，你且回来吧；

我想起了，你该听我们的谈话。

你知道我女儿已不算小了。

乳　母　　　　　　　　当真，

我把她的年岁能说到准时准刻。

凯布莱忒夫人　她不到十四岁。

乳　母　我用我十四颗牙齿打赌，——可是，

可怜见，十四颗牙齿我只剩四颗了，——

她还不到十四岁。现在离收获节

还有多久？

凯布莱忒夫人　　　　两个礼拜多一点。

乳　母　成双或成单，计算今年的日子，

待到收获节晚上她正满十四岁。

苏珊跟她是同年的——上帝安息

一切基督徒的灵魂！——唉，苏珊

如今跟上帝在一起了；我不配有她；

可是，我说啊，待到收获节晚上

她正满十四岁；没有错，我记得真切。

从地震那年到如今已有十一年；

那时候她已断了奶，——我永远不会

忘记，——那年就是在那一天；因为

我在奶头上涂了苦艾汁，正坐着

晒太阳，在鸽棚下面背着墙；
主人家同您当时出门在孟都亚：——
可不是？我还记得很明白：——我说啊，
小姑娘在我奶头上尝到了艾汁
觉得苦时，哎呀，这可爱的小傻瓜，
她可生了气，把我的奶头推开！
正在那时候地动了，鸽棚在摇晃：
没有用，我知道，走向哪里去奔跑：
从那时到现在已经十一个年头；
随后她便能独自站立着；当真啊，
她能摇摆着走走又跑跑；记得
就在那一天，她摔破额角：我丈夫——
上帝安息他的灵魂！他是个爱说
笑话的人儿——抱起这孩子："是啊，"
他说，"你向前扑倒吗？待你更懂事，
你可要仰后倒；你可会不会，琚丽？"
凭我的圣母，谁知这可爱的小东西
止住了啼哭说一声，"嗯。"我敢说，
我要是活到一千岁，也不会忘记
一句笑话竟会有这样的结果！
"你可会不会，琚丽？"他对她问道；
这可爱的小东西止住了啼哭，说"嗯"。

凯布莱忒夫人 得了吧，你别往下边再说了。

乳　母 是啊，
夫人，我实在不能不好笑，想到
她竟会停止了啼哭说一声"嗯"。

可是，说句实在话，她前脑壳儿上
跌肿了一个疙瘩有一只小公鸡
鸡巴蛋那么大；好个危险的大包；
她放声大哭；“是啊，”我当家的说，
“你向前扑倒在地上？你长大以后，
可要往后边仰倒在地上；琚丽，
你会吗？”她停下啼哭，说一声“嗯”。

琚丽晔　你也停下莫再说，奶妈，我请你。

乳　母　好了，我不再说了。上帝保佑你。
你是我喂过奶的最俏丽的乖乖：
我要是眼见到你在哪一天成了亲，
我便心满意足。

凯布莱忒夫人　凭圣母，成亲这件事就是我特地
要来讲的话。告诉我，女儿琚丽晔，
成亲这件事怎样才合你的心意？

琚丽晔　这是我没有梦想到的一桩荣誉。

乳　母　一桩荣誉！要是你不是只有我
一个奶妈，我要说你是从我奶头上
吸取的这智慧。

凯布莱忒夫人　　　　　　好吧，你就去想想
要婚嫁；在这里樊洛那，比你还要
年轻的大家闺秀已做了母亲；
拿我来说吧，我在你这样年纪
已做了你母亲，你现在却还是闺女。
简单说来，年轻英勇的巴列斯
如今要向你求婚。

乳　母　　　　　　　　　　　　　一位好官人，
　　　　　　姑娘！这样一个好人材，姑娘，
　　　　　　世上真难得——哦，好一位俏郎君。

凯布莱忒夫人　樊洛那的夏天再没有这样一朵花。

乳　母　可不是，他是一朵花；真是朵好花。

凯布莱忒夫人　你怎么说法？你能爱这个士子吗？
今晚我们的宴会上你将见到他；
你在巴列斯脸上仿佛读本书，
美丽这枝笔便在他脸上写欢快；
瞅他颐颔眉宇间所有的线条，
无不两两三三都彼此相配好；
而在这美妙的书卷里潜藏的珍秘，
你在他一双美目里能得到诠意。
这本恋爱的宝书，这未婚的情郎，
只缺少富丽的书面作它的华装；
活鱼在大海里游泳，美妙的内容
须得有富丽的外表为它恢宏；
那本书在大家眼里显得好光彩，
书中有辉煌的故事，外面用金铗盖；
你将会共享他所拥有的一切，
只要和他结成亲，同年华，共岁月。

乳　母　一切！不止，更多些。女人多得福。

凯布莱忒夫人　简单回答我，你接受巴列斯的爱吗？

琚丽晔　我能爱他的，假使见了他喜欢他；
可是我射放我这双眼波的箭镞，
不会超过你所能给我的许诺。

［一仆人上。

仆　人　夫人，客人全来了，筵席已经摆好，请您出去，也问起了小姐，在伙房里奶娘在挨骂，一切都纷纷扬扬。我要侍候客人去，请您马上到来。

凯布莱忒夫人　我们就来。［仆人下］琚丽晔，伯爵在等了。

乳　母　去吧，孩儿，去找不夜天，好良宵。［同下。

第四景

［一街道。］

［萝密欧、茂科休、班服里奥及五、六假面舞俦、火炬僮儿等上。

萝密欧　什么，该说不速而来的托辞，
还是闯进去，不讲一句道歉话？

班服里奥　这样的烦赘已经不合时宜了。
我们不需要蒙上眼睛的邱璧特，
背着一张鞑靼人的花漆木雕弓，
稻草人似的去吓唬那些娘儿们；
也不用跟随提示人，背诵启幕词，
走上现场去参加他们的宴舞会；
任凭他们把我们怎样去打量，
我们只跟他们舞一阵就离开。

萝密欧　给我拿一个火把；我不想溜蹄；
我心里阴沉，让我执火把，发光华。

茂科休　别那样，萝密欧，我们硬要你跳舞。

萝密欧 我不跳，当真。你们都穿着舞鞋，
鞋底有弹性；我的灵魂尽是铅，
打桩般钉我在地上，我不能动弹。

茂科休 你是个钟情人；借了邱璧特的翅膀，
你能高高地飞起来，远比跳跃高。

萝密欧 我被他那箭镞射中得太过伤重，
不能借他的羽翼来飞翔，我给
束缚得这么紧，跳不过忧郁的伤痛。
在恋爱的重担下面，我陷没而沉沦。

茂科休 反过来，你叫它下沉，使它负重担；
这样温柔的小东西受不了重压。

萝密欧 爱神是个温馨儿？他太过粗鲁，
暴躁，喧闹，而且荆棘般刺人。

茂科休 若爱情对你狂暴，你对它也狂暴；
爱情刺痛你，你也刺它还要赢。
给我一个假面具，让我戴上脸： [戴一面具。
面具上戴一个面具！我哪里管它
什么好奇的目光会注视丑态？
就把这浓眉凸额由我来生受吧。

班服里奥 来啊，敲门进去吧；一进里边去，
大家都上场，蹁跹起舞不徘徊。

萝密欧 给我个火把；让嬉戏倜傥的哥儿们
去用他们的脚丫儿蹩躠蹁跹吧，
因为我要说的是老祖父的格言；
让我做个执火把的僮儿，旁观着。
这玩意不管多有趣，我都不想玩。

茂科休　得了，那耗子叫“阴沉”，那总管说过，
你若是叫“阴沉”，我们要把你从陷到
耳朵那样深的恋爱泥沼里拔出来。
来啊，我们白昼点上灯，浪费了。

萝密欧　不对，不白昼点灯。

茂科休　我是说，老兄，
我们浪费掉光亮像白昼点灯，
要懂得我们的好意，因我们的判断
根据的乃是我们的五种心智。

萝密欧　我们去参加这假面舞是出于好意；
只是去得不聪明。

茂科休　为什么，请问？

萝密欧　昨夜我做了个梦。

茂科休　我也做了梦。

萝密欧　好，你做了什么梦？

茂科休　做梦人老撒谎。

萝密欧　在床上睡着，他们梦到些真情景。

茂科休　啊，那仙后曼白是跟你在一起了。
她是小神仙他们的稳婆；她来时
身体只不过郡守食指的戒指上
那颗玛瑙一般大，替她拉车的
是一队幺马儿，趁人们熟睡的当口，
横过他们的鼻子；她马车的轮辐
是使用长脚蜘蛛的大腿所做成，
蚱蜢的翅膀给用来作马车篷，
马缰是最小的蜘蛛所吐的网丝，

马颈上的护肩用如水的月光做，
马鞭是蟋蟀的骨头，游丝作鞭梢，
替她驾车的是只穿灰外套的小蚋，
身材还不及一个懒大姐指尖上
挑出来的一只小圆虫一半大小；
她的马车乃是那小木匠松鼠
或蛴螬用一粒榛子的空壳做成，
它们自古来就是小仙们的车匠。
她宵宵夜夜赶着这车骑穿驶过
情人们的脑中，他们在梦里就入恋，
驶过朝臣们的膝盖，他们在梦里边
便屈膝，驶过律师们的手指，他们
马上在梦里便收取讼费，驶过了
娘儿们的嘴唇，她们在梦里就亲嘴，
曼白生了气叫她们嘴上生水泡，
因为她们呼息里满都是糖果味；
有时她驶过一个朝臣的鼻子，
他便在梦里嗅到了一桩恩赐；
有时她从献给教堂的猪身上
割下条尾巴来，将它搔痒正在
熟睡的牧师的鼻子，他梦见又得了
一份月规钱；有时候她马车赶过
一个兵丁的脖颈，他便会梦见
割下了敌人的首级、进攻、埋伏和
西班牙利剑，作五膪深的痛饮；
忽然他听到鼓响，他一惊而醒，

吓醒后发出一两声咒骂，随即
又复沉睡去。这就是那一个曼白，
她在夜间将马匹的颈鬣编成辫，
把腌骓的头发焙成卷乱的硬结，
你若把它们拆散，就会有祸事：
这就是那婆子，当大姑娘们仰面
朝天睡时，她压在她们身上，
教她们鼓起肚子生孩儿：就是她——

萝密欧 别讲了，别讲了，茂科休，别再讲了吧！
你说些废话。

茂科休 不错，我谈的是梦，
梦乃是懒散的头脑里的妄想，
产生它的不过是那空虚的幻觉，
它本质真是跟空气一样稀薄，
比风儿更要来去得无常，它此刻
正在对北方的寒空献它的殷勤，
一下给惹恼了，唿哨着从那儿下来，
面对洒露的南方长驱而直下。

班服里奥 你说的这阵风把我们吹了开去；
他们晚宴已完毕，我们要迟到了。

萝密欧 我只怕还早：因为我心里有忧惧，
星辰间悬垂着一阵未知的效应，
它将苦苦地从今夜这欢乐里开始
它可怕的时日，而将用险恶的丧亡，
非时的夭折，结束我这胸臆间
被蔑视的生命。可是请上帝，他执掌

我生命的前程，吹拂我的篷帆。

走吧，欢乐的士子们。

班服里奥 击鼓啊，前进。 [同下。

第五景

[凯布莱忒家中一厅堂。]

[乐工们等候着。仆众执餐巾上。

仆 甲 包忒班在哪里，他怎么不来帮着收拾开去？他不搬一只切肉盘！他没擦过一只盘！

仆 乙 一切打点都落到一两个人手里，他们连洗手的工夫都没有，这才糟哩。

仆 甲 把折椅拿走，大杯盘柜搬开，当心别打碎盘碟。好老弟，留一块酥蛋杏仁糕给我；还谢你帮忙，要门公把苏珊·葛冷斯东和奈儿放进来。

安东尼！包忒班！

仆 乙 哎，老兄，我在这里。

仆 甲 大客厅里在找你，叫你，问起你，寻找你。

仆 乙 咱们不能又在这里，又在那里。敞开胸怀，弟兄们；爽利些，活得长就有福。

[仆人退后。

[凯布莱忒偕琚丽晔及家人上，与宾客及假面舞俦相遇。

凯布莱忒 欢迎，诸位友昆！夫人们，淑媛们，

脚趾上不生鸡眼的，将会跟诸位

来一阵蹁跹的回合。啊哈，姑娘们！
你们哪一位不愿来跳舞？谁若是
羞答答不起来应邀，我信她准是
生得有鸡眼；可给我猜中了不成？
欢迎，诸位友昆！我曾经眼见过
那日子，戴着面罩，在一位俏佳人
耳边诉衷情，她听得乐滋滋眉飞
色舞：这已经过去，过去了，过去了：
欢迎你们啊，诸位好亲朋！来啊，
乐工们，演奏吧。堂上，堂上！把家什
出一个空！夫人们淑媛们，起舞啊。

［奏乐，众起舞。

将灯烛点亮些，混蛋；把桌子翻转，
叠上，炉火熄掉，这屋子太热了。
啊，小子，这意想不到的玩意儿
来得好。别走，坐下来，别走，坐下来，
好老哥；你我两人现在已不能舞；
上次我俩都戴着假面时，离现今
多久了？

凯布莱忒的表兄　　凭圣母，那是在三十年前。

凯布莱忒　什么，老哥！没有这么久，没有
这么久；那是在路谦希欧结婚时，
离开圣灵降灵节只不多几天，
二十五年前；那时我们曾戴过。

凯布莱忒的表兄　不止，不止：他儿子已经不止了；
他儿子现在三十岁。

凯布莱忒　　　　　　　　　　你还跟我

这么说？他儿子两年前还受监护。

萝密欧　［对一仆人］那位姑娘是谁，她如花的美手

挽着那位骑士的手？

仆　人　我不认识，少君。

萝密欧　啊，她教得火炬怎样去放光芒！

在那里她仿佛挂在夜天脸颊旁；

像一颗珍珠缀在乌姑娘耳朵边；

太富丽，难得这瑰宝，走遍了人间！

似一只雪花般白鸽，误入了鸦群，

这位明媚的姑娘显焕出骄矜。

等这支舞曲一停，我要追随她，

能握她那纤手，我会感觉艳福大。

我过去没有真爱恋，一见方始知，

因为我到了今宵，惊美才情痴。

铁鲍尔忒　听他的声音，这人该是个芒太驹，

拿我的剑来，小厮。这奴才怎敢到

这里来，戴着个鬼脸，来侮慢

轻蔑我们这礼正仪庄的舞会？

凭我这个姻亲的胤系和光荣打赌，

我将他杀死不能算是桩罪过。

凯布莱忒　哎呀，怎么了，侄儿！为什么发怒？

铁鲍尔忒　姑父，这是个芒太驹，我们的仇家，

他是个坏种，到这里心怀着忿怒，

来鄙蔑我们今晚这庄敬的宴舞。

凯布莱忒　他是萝密欧那小子？

铁鲍尔忒　　　　　　　　　　　　是他，那坏蛋萝密欧。

凯布莱忒　莫发火，好侄儿，让他去吧：他行止
堂堂，倒是个温文尔雅的士子；
说句实在话，樊洛那城邦夸赞他
是个有品德教养的优秀青年；
我无论如何不愿在自己家里
毁损他的声名；所以你且耐着些，
别去理会他，我执意这样，你如果
尊重我，就和颜悦色，放下怒容，
那是个对庆宴不相协调的形象。

铁鲍尔忒　这样个坏蛋来作客，这怒容很协调；
我不能容忍他。

凯布莱忒　　　　　　　　　　你不能也得容忍：
怎么，尊君，孩子！我说，得容忍；
得了：我是这一家之主，还是你？
得了。你不能容忍他！上帝保佑我！
你可要在我宾客中挑起暴乱来！
你意气用事！你不听我劝，要逞强！

铁鲍尔忒　姑父，这是桩耻辱。

凯布莱忒　　　　　　　　　　　　得了吧，得了吧；
你是个莽撞的小子：是吗，果真？——
你这腔调许对你不利，——我知道：
你定要顶撞我！凭圣母，正是现在。
你说得可好，好人儿！你是个冒失鬼；
去你的，噤声，否则——把灯火拨亮，
把灯火拨亮！——丢人！我叫你闭嘴。

——什么！尽情欢乐，好人儿们啊！

铁鲍尔忒 这满腔容忍将我的恼怒强压抑，
使得我浑身都战栗，胸头感气促。
我且退出去：但他这下子闯进来，
现在似乎好，将来会尝到苦恼。

［退下。

萝密欧 ［向琚丽晔］我若是冒昧将这俗手上的尘污
亵渎了你这座清纯圣洁的庙堂，
我这两瓣嘴唇，像两个羞红的信徒，
准备以一吻谢罪，乞宥恕于灵光。

琚丽晔 好信徒，你对你的手未免太侮辱；
温文的虔敬本容许这样来表示：
圣者的手掌原许可信徒去接触，
掌心相吻合就意味心会而神至。

萝密欧 圣者和信徒不是都生有嘴唇？

琚丽晔 是啊，信徒，他们用这嘴唇去祈祷。

萝密欧 啊，求圣者，让嘴唇行两手的性能；
恳求你允准，否则这虔诚变苦恼。

琚丽晔 圣者每不为所动，虽有求而必应。

萝密欧 那么，我领受应允时，请同我相应和。
你我吻相接，我生来的罪孽被涤净。

琚丽晔 那我这嘴唇就有了它所吮的罪戾。

萝密欧 我唇上的罪孽？啊，你责我得有理。
还我这罪孽吧。

琚丽晔 你手按《圣经》来亲。

乳　母 姑娘，你母亲要跟你说句话儿。

萝密欧　　她母亲是谁？

乳　母　　　　凭圣母，少年郎君，

她母亲乃是我们这府中女主人；

她是位淑德的夫人，聪明又贤慧；

我从小哺养她的千金，你刚才跟她

说话的便是：告诉您，谁若娶了她，

谁就会得财宝。

萝密欧　　　　她可是凯布莱忒家姑娘？

我这条命，啊，好大的一笔账，

欠着仇家！

班服里奥　　　　去吧，就此走，趁高潮。

萝密欧　　哦，我生怕；待曲终人散就不好。

凯布莱忒　　还早呢，众亲朋，且不忙舞罢早辞归；

我们还备得有一席简慢的小酌。

一定要告辞吗？那么，多谢来光临；

多谢诸位了，众亲朋；祝大家晚安。

再拿几个火把来！来吧，安息吧；

啊呀，小子，当真呢，时光可不早了；

我要去安息了。　　［除琚丽晔与乳母外，皆下。

琚丽晔　　奶妈，过来。那一个士子是谁呀？

乳　母　　他是铁褒里奥老人家的儿子。

琚丽晔　　现在出去的是谁？

乳　母　　　　凭玛丽，我想，

那是年轻的彼忒鲁邱。

琚丽晔　　　　在后边

跟着的那个是谁，他不肯跳舞？

乳　母　　我不认识。

琚丽晔　　你去，去问他叫什么：
要是他已经娶过亲，我的新床
看来将是我的坟墓。

乳　母　　他名叫萝密欧，
是个芒太驹家人；你仇家的独子。

琚丽晔　　我钟情唯独恋上了唯一的仇人！
逢时太早不相知，等知道已嫌迟！
这恋情在我钟爱得比天高，比海深：
奈何我定得缠上这独一的仇缘！

乳　母　　你在说什么？你在说什么？

琚丽晔　　这是我
才向陪我的舞伴学来的一支歌。　　［内呼琚丽晔。

乳　母　　就来了！来啊，进去吧，客人都去了。　　［同下。

启幕词

如今旧日的恩情已物化而消泯，
　新生的眷恋急瞪瞪只想来替代：
那美人，他为她寻死觅活地伤心，
　比起琚丽晔，却显得分毫也不美。
如今萝密欧同小妹两情相缱绻，
　彼此都一见倾心如痴又如醉，
对他的切世冤仇，他定得去眷恋，
　从无伤的钩上，她不惜去啮钓蛹：
是仇家的儿子，他没有能得机缘
　去口吐情侣们惯说的海誓山盟：
而她，恩爱一般深，到哪里去盘桓，
　她跟她意中人相逢，喁喁吐衷忱？
但激情给他们力量，时间给方法，
去相会，用甜蜜去消除艰难困苦。　　　　　　［下。

第二幕

第一景

[凯布莱忒家花园的墙外小巷。]

[萝密欧上。

萝密欧 我的心在这里，我还能向前走吗？
回头来，鲁钝的躯壳，来找你的灵机。

[爬上围墙，跃入墙内。

[班服里奥与茂科休上。

班服里奥 萝密欧！萝密欧兄弟！萝密欧！

茂科休 他聪明；
我打赌，他偷偷溜回家睡觉去了。

班服里奥 他向这里跑，跳了这花园的墙垣：
你就叫他一声吧，茂科休大哥。

茂科休 不呢，我要来念咒，咒他出来哩。——
萝密欧！冲劲儿！疯子！激情！情郎！
叹息一声，显得你是躲在墙那边！
只要你哼一句诗行，我便满意；
喊一声“嗳呀！”叫一声“心爱的”和“亲亲”；
跟我那小阿姐维纳斯说句话儿，

对她那矇眼孩儿邱璧特叫一声，
他把他那支小箭儿射得好机灵，
竟叫国王考番鸠爱上了女叫化！——
他没有听到；没有响动，没行动；
这猴儿崽子死了，我定得咒唤他。——
我凭罗姗琳一对明眸咒唤你，
我凭着她饱满的天庭，她的红樱唇，
她的好玉脚，她那苗条的小腿，
震颤的大腿，还有上面那一段，
咒唤你赶快露脸出来见我们！

班服里奥 他若听见，准会生你的气。

茂科休 这不会激怒他：这会激得他在他
那情人的圈子里头唤起个心情
异样的精灵，它在那里一露脸，
便得由她去咒服它，使它消隐掉；
那才说得上怨恨呢：我这阵召唤
名正而言顺，只凭着他情人的名义，
咒召他出来罢了。

班服里奥 算了，他躲进
这树丛里边，跟那多变的夜色
结伴：他的迷恋是盲目的，跟黑夜
在一起正合适。

茂科休 爱神若是盲目的，
就射不中靶。此刻他或许正坐在
一棵欧楂树下边，但愿他心爱的
乃是姑娘们私下在笑谑的时候

叫作欧楂的小红果。——啊，萝密欧，
但愿她，啊，但愿她果真成了个
你张口能吞的欧楂树上的小红果！
萝密欧，晚安。——我要去睡我的滚轮床；
这泥地眠床太冷了，对我不合式；
来啊，咱们就走吧？

班服里奥　　那么，走就是；
在这里找他没有用，他不会被找到。

第 二 景

［凯布莱忒家花园。］

［萝密欧上。

萝密欧　　他没有受过伤，才取笑别人的创伤。——

［琚丽晔在上方窗户中露脸。

轻声！那窗户里边亮出什么光？
那正是东方，琚丽晔乃是太阳！——
上升，美丽的太阳，杀死那忌妒
阴沉的太阴，她悲愁病苦而苍白，
你乃是她的小姑，却远比她美丽：
别当她的小姑了，既然她忌妒你；
她那贞尼的役服绿惨惨呈病态，
没有人，只有傻子才穿上；脱掉它。
是我的心上人，啊，是我的魂梦！
啊，但愿她能知道她正是！

她在开腔了，可没说什么：那何妨？
她那眼光在说话，我来回答她。
我太莽撞了，她没有对我言语：
普天之上那两颗最美丽的明星，
好像有什么事，请她的两眼替代
在它们位置上闪烁，在它们归来前。
她眼睛在那边，它们在她眼眶中
怎么样？她脸上的光彩会叫两颗
星星感惭愧，像日光对于灯亮；
她眼睛在天上，会在高空流放出
那样的光华，使鸟儿歌唱，不觉得
夜晚的来临。看啊，她怎样将脸颊
偎依在手上！啊，我但愿我正是
她手上那只手套，好亲她那脸颊！

琚丽晔 嗳哟！

萝密欧 她在说话了：啊呀，说下去，
光明的天使！对于这片夜天，
你这样光芒四射，照临到我头上，
正如从上界下降的一位有翅膀
天使，对于尘世人仰视着泛白
而惊奇的眼睛，凝注地对他瞻望，
当他骑跨着优游徜徉的浮云，
在空阔的苍穹里边扬帆飘举。

琚丽晔 啊，萝密欧，萝密欧！为什么你是
萝密欧？否认你父亲，放弃你的名姓：
或者，如果你不肯，只要你发誓

爱我，我就摒绝我的凯布莱忒
这姓氏。

萝密欧 ［*旁白*］我再听下去，还是就接口？

琚丽晔 只有你这个名字才是我的冤仇；
你即使不姓芒太驹，还是你自己。
芒太驹算是什么？不是手，不是脚，
不是手臂、面孔，也不是人身上
任何一部分。啊唉，另姓一个姓！
一个姓名算什么？那朵花我们
叫它是玫瑰，换一个名字我们
嗅来同样香；故而萝密欧，若是他
不叫萝密欧，会保持原来的完美，
没有了原名，对于你丝毫也无损。
萝密欧，抛弃你的名字，接受整个我。

萝密欧 我听你的话就是：叫我声“我爱”，
我就重新受洗礼，重新被命名；
从今往后，我决不再叫萝密欧。

琚丽晔 你是什么人，在黑夜隐蔽在下面，
撞上这机会，听到我这阵衷曲？

萝密欧 我不知怎样告诉你我是什么人：
亲爱的天人，我恨我自己的名字，
因为你对它有仇恨；我若写了它，
便要把它撕碎。

琚丽晔 我还没有
欣闻到你那唇舌的音响一百字，
可是已认识这声音：你可不是

萝密欧，芒太驹家里的人？

萝密欧　　　　　　　　都不是，

美好的天人，若是你不喜欢它们。

琚丽晔　告诉我，你怎么会到这里来，为什么？

这花园墙垣很高，很难越，你来到

这里是冒死，考虑到你是谁，假使

我家的族人见到你在此。

萝密欧　　　　　　　　我使用

轻灵的爱情的翅膀飞越这围墙；

因为石砌的墙垣不可能把爱情

挡在墙外边，为爱情只要能做到，

它就敢于去一试；故而你们家

家人对于我并不是障碍。

琚丽晔　　　　　　　　他们

要是见到你，就会将你来杀害。

萝密欧　嗳呀，你一双眼睛比他们二十柄

刀剑还危险；只要你对我温存，

我就顶得住他们对我的仇恨。

琚丽晔　我怎么也不愿他们瞧见你在此。

萝密欧　我有这夜幕遮掩我，不让他们见，

只要你爱我，给他们见到也无妨：

我宁愿他们的仇恨结果我这命，

不愿因没有你的爱，延缓我的死亡。

琚丽晔　是谁指引你，找到了这里来？

萝密欧　　　　　　　　是爱情，

它首先指引我探问出你这所在；

它为我出主意，我为它使用眼目。
我不是领航人；可是，你如果远在
那最最遥远的大海所冲激的岸上，
我也要冒艰险来寻求你这珍宝。

琚丽晔　你知道黑夜的面罩盖在我脸上，
否则，为你所听到的我今夜这番话，
一个处女的羞红会涂上我脸颊。
我殷切愿意谨守着仪态，殷切
愿望能否定我刚才说过的话；
可是礼仪啊，我只能跟它告别了！
你可爱我吗？我知道你会说“爱的”，
而我会深信你的话：但你若发誓，
你可能背誓；有人说，情人背誓时，
天王雅荷会嬉笑。啊，萝密欧，
你若真爱我，只要真诚地申言：
或许你会认为我太容易得到手，
我便会皱眉蹙额对你说“不行”，
好叫你向我殷求又衷恳；否则，
我决不故意作姿态，假装难如愿。
说真话，俊秀的芒太驹，我太痴情，
故而你许会觉得我行止轻浮。
可是相信我，士子，事实会证明
我远比那些娇矜做作的人儿
真诚而可信。我须得承认，我本该
娇矜一点儿，只是在我能觉察前，
无意间被你听到了我至诚的爱情

流露：所以，请对我原谅吧，莫以为
我这随顺是出于轻浮的水性，
都因这黑夜泄露了我的秘密。

萝密欧　姑娘，凭着那空中神圣的月亮
我起誓，她银光点亮了果树的尖梢——

琚丽晔　啊，别指着月亮来起誓，她盈亏
不定，一月中从满月变化到消隐，
否则你的爱也会同样地变易。

萝密欧　我凭什么来起誓？

琚丽晔　不要起什么誓；
你若一定要，就凭你温雅的自身，
它是我尊崇的神像，我对你信任。

萝密欧　如果我衷心的至爱——

琚丽晔　好了，别起誓：
虽然我喜爱你，我对今夜这信约
却不甚喜爱：它过于鲁莽，太欠少
思虑，太突兀；太像那闪电，不等你
说出“它在闪亮了”，它已经没有。
亲爱的，再会吧！这朵爱情的蓓蕾，
经夏日熏风吹拂，待我们再见时
会变成一朵富丽的花儿。晚安，
晚安！愿甜蜜的睡眠和安休来到
你心头，如在我胸中一个样。

萝密欧　啊，
这么样没使我满足，你就离开吗？

琚丽晔　你今夜可能有什么满足？

萝密欧　　　　　　　　　　你我间

爱情的忠诚的誓言，要相互作交换。

琚丽晔　你未曾要求，我已经付与给了你：

可是我乐意重新给与你又一遍。

萝密欧　你会收回吗？为的是什么，亲爱的？

琚丽晔　为表示慷慨，要重新给予你一次。

可是我只愿有我已有了的东西；

我满腔恩情同大海一般地深泓，

我一心的恋爱同样深；我越是给你多，

我越是丰盈，因为这两者都无穷。

［乳母在内叫。

我听到里边在叫唤；心爱的，再会！——

就来，好奶妈！——亲爱的芒太驹，要忠诚

对待我。再待一会儿，等一下我再来。

［自上方下。

萝密欧　啊，天佑的，天佑的这夜晚！我生怕

在这夜间，这一切都只是一个梦，

太无限美好，不会是人间的真实。

［琚丽晔在上方重上。

琚丽晔　再说三句话，亲爱的萝密欧，就真要

再会了。你爱我的意向若是纯真的，

你要缔姻缘，明天给我个回音，

我派人来看你，请告知在哪里、何时

行婚礼，我把命运全托付给你，

随同你、我的夫君到天涯海角。

乳　母　［在内］姑娘！

琚丽晔　　我马上就来：—— 停止你
向我的求爱，让我独自去伤心：
我明天会叫人来。

萝密欧　　让我的灵魂
得福，——

琚丽晔　　一千次再会！　　［下。

萝密欧　　没有你的光明
我倒一千次的霉。恋情人相逢时，
像学童抛开了书本；而他们暌违
则像学童去上学，心沉不自在。　　［渐退。

［琚丽晔重上。

琚丽晔　　嘘！萝密欧，轻声！——啊呀，但愿有
放鹰人的幽音，诱这只流苏小鹰儿
回来！被痴情所俘，我声音嘶哑，
不能提高了嗓门来说话；否则
便会要穿进回声①所深藏的洞穴，
使她那轻盈的应和比我的呼声
更嘶哑，重复我对萝密欧的叫唤。

萝密欧　　这是我的灵魂在叫唤我的名字；
在夜间，情侣的呼声，多么像银铃般
在鸣响，好比温存的音乐，对于
倾听的耳朵。

琚丽晔　　萝密欧！

萝密欧　　我的心上人？

琚丽晔　　明天几点钟，我叫人来看你？

萝密欧　　九点钟。

琚丽晔　　我决不失误：从此刻到那时，像有
二十年。我忘记为什么又叫你回来。

萝密欧　　让我站在这里，等到你记起来。

琚丽晔　　想到我多么爱跟你待在一起，
我将继续忘记掉，好使你站下去。

萝密欧　　我要继续待下去，好让你继续
再忘记，忘掉了回去，只有这个家。

琚丽晔　　已将近天明；我愿你就离开这里；
但不要太远，不远过那调皮女孩
牵系的一只小鸟，她让它跳离
她掌心一点儿，像个可怜的囚徒，
缠络着脚镣，又用丝绳将它
牵回去，那么心爱它，又忌妒它自由。

萝密欧　　我愿我是你那只鸟儿。

琚丽晔　　　　　　　　　　　亲爱的，
我也挺愿意：可是太爱你了啊，
我会要将你来害死。再会了，再会！
别离这桩事这么样甜蜜又伤心，
我真想跟你说再会，直说到天明。　　［在上方下。

萝密欧　　愿睡眠合上你眼睛，你胸中有安宁！
愿我是睡眠和安宁，能那样恬静！
我离此要去向我的神父作陈诉，
告诉他我这番幸运，恳请他帮助。　　［下。

第 三 景

[托钵僧劳伦斯神父的僧舍。]

[劳伦斯神父提篮上。

劳伦斯神父 灰眼睛的黎明对颦眉的暗夜微笑，
使东方的层云混杂着灿烂的条条，
有斑纹的黑暗像个醉汉，从白日
路径上和日神的火轮下面滚出：
在太阳高升它炬赫的火眼之前，
去晒干夜雾和欢呼到临的晨天，
我须得采摘有灵汁的鲜花、毒草，
来盛满我们这柳枝编成的笼筲。
大地是造化的母亲，又是她的坟墓；
它最后埋葬她，但先把她孕育养抚，
我们眼见到她所生万类的群生，
在她胸臆间得到了滋养而荣盛，
万别和千差，有无穷无尽的美妙，
各各相竞秀，彼此共辉映而都好。
啊，草木和花朵和石块里藏得有
好多奇效，能应对各种的症候：
地上所产的东西，凭它们怎样坏，
各有相当的用处，虽少益而多害，
也没有事物，好到出奇又制胜，
不会出差错，当你应用得过了分：

美德使用错误了会变成罪过，
罪恶有时候会产生优良的效果。
在这小小花朵的稚幼的皮囊里，
有毒素潜藏，也含有药剂的灵机：
给鼻子嗅入，它会通肺腑，开心窍，
吞入了口中，却要绝官能，停心跳。
两个这么样恰相反的大王永驻在
人心和药草中，良效和粗暴的情态，
当那凶恶的势力在那里称雄，
死亡便会在那里头蠢蠢而动。

[萝密欧上。

萝密欧 早安，神父。

劳伦斯神父 祝愿你，上帝赐隆恩！
是谁清晨在向我欢声致敬？
孩子，你准是心中有什么烦恼，
这么一清早就背离床帐听雀噪；
忧虑往往使老年人彻夜无休眠，
焦劳所在处，睡眠也就不得沾；
但未经挫伤的年轻人，心中无愁闷，
安顿身躯处，黄金的酣睡息身心；
你清晨醒得这么早，我便知道
你是给殷忧所惹起，心中有懊恼；
或者，我说得不对，这下子可猜着。
我们的萝密欧昨夜没有上过床。

萝密欧 对了；我得到比睡眠更甜蜜的安息。

劳伦斯神父 上帝恕罪过！你可跟罗姗琳在一起？

萝密欧　　可跟罗姗琳在一起，神父？那不对；
我已经忘掉那名字和给我的伤悲。

劳伦斯神父　　那才是我的好孩子；可是你，在哪里？

萝密欧　　不待你再次问我，我要告诉你。
我赴了我们族姓世仇家的欢宴，
那里忽然间我给有个人射中箭，
她也被我所射中：救护我们
全得靠你的助力和你的药剂：
我丝毫不怀甚恶意，神父，你瞧，
因为这说项也拯救我仇家的女娇。

劳伦斯神父　　说得分明些，好孩子，含义不要晦，
猜谜的忏悔只得到猜谜的赦罪。

萝密欧　　那么，明白说吧，我深情向往，
钟情在凯布莱忒家闺女的身上：
正如我深深眷恋她，她也眷恋我；
如今一切事都已经契合又稳妥，
只等你主持使我们行合卺：至于
甚时候，在哪里和怎样我们相遇，
相爱怜，以及交互矢恩情，我对你
会诉说；但务必今天替我们行婚礼。

劳伦斯神父　　啊，圣方济，这是多么大的变化！
罗姗琳，你那么深情蜜意眷恋她，
这么快便弃绝？青年人的爱情不是
出自真心，只是目光中的华彩。
耶稣，马利亚，有多少苦泪涔涔，
流过你苍白的面颊，为了罗姗琳！

浪掷了多少含盐的辛酸的眼泪，
去加味于爱情，只因它淡而无味！
太阳还未消除你叹上天的烟霭，
你旧日的呻吟还在我耳边低回；
瞧吧，在你的脸上还留有这斑痕，
那是你往昔泪珠未洗去所留存：
假使你依然是你，你为她而伤心，
你和这悲伤都只是为了罗姗琳：
你可已变了心？那么，你便得声言，
男子没恒心，怪不得女子容易变。

萝密欧 你时常因我爱上罗姗琳而叱责。

劳伦斯神父 不是因你爱，只为你失魂而落魄。

萝密欧 你叫我埋葬爱情。

劳伦斯神父 不叫你去埋葬
旧有的情爱，另把新生的去恋上。

萝密欧 请你莫诃责：我如今恋上的这个，
对我是恩爱还恩爱，和合又和合；
那个可不这样。

劳伦斯神父 啊，她却很知道
你的爱不合谈情说爱的那一套，
幼稚得可笑。但来吧，踟蹰的青年，
来吧，同我去。在这件事上，我还堪
帮助你一臂，因为这一桩姻缘
也许会逢凶化吉，弭两家的仇冤。

萝密欧 啊，让我们就去吧；我心烦而意躁。

劳伦斯神父 虑得精明做得慢；跑快了要摔跤。 ［同下。

第 四 景

［一街道。］

［班服里奥与茂科休上。

茂科休 见鬼，萝密欧这小子可在哪里？
他一夜没有回家吗？

班服里奥 没有回去过，我问过他家的仆人。

茂科休 啊，那脸蛋苍白心肠硬的女人
罗姗琳，把他折磨得不成个样子，
他准要发疯呢。

班服里奥 铁鲍尔忒，老凯布莱忒的族人，
差人送信到他父亲家里去。

茂科休 准是向他挑衅的，我打赌。

班服里奥 萝密欧会回答。

茂科休 一个人只要会写字，就可以写封回信。

班服里奥 不，他会接受那写信人的挑战，他给挑了衅，就会应战。

茂科休 嗳呀，可怜的萝密欧，他已经死了！给一个白脸蛋女人的黑眼睛戳了一刀；给一支爱情歌词射穿了耳朵；他那心脏的靶子给瞎眼孩儿②的箭头所射穿；他能够抵得住铁鲍尔忒吗？

班服里奥 呃，铁鲍尔忒算得了什么？

茂科休 我可以告诉你，他不只是个好斗的大王。啊，他是全武行的勇猛总将官。他斗剑好像按着标明音符的乐曲唱歌

一样，板眼、声腔全周到；停这么一丁点儿，一、二数到三就刺进你胸膛；他真是个穿礼服的屠夫，一个决斗的行家，一个名门贵胄，一个数一数二的击剑手。啊，那神速的踏一脚前进的冲刺！那反击的戳刺！那嗨！

班服里奥 那什么？

茂科休 那些奇形怪状、哼哼唧唧、装腔作势的怪家伙，生他们的天花；这些妖声怪气的东西！凭耶稣，一个好子弟！一个好高的个儿！一个好骚的婊子！呃，老爷爷，咱们给这样一簇怪苍蝇所闹苦，这些耍时髦的家伙，这些满口法国话的人，他们一心玩弄新花招，在老板凳上坐不安顿，这不是一件可悲的事情吗？啊，他们的"bons"，他们的"bons"！

［萝密欧上。

班服里奥 萝密欧来了，萝密欧来了。

茂科休 他失魂落魄，像一条没有鱼卵的鲱鱼干。啊，肉啊肉，你是怎样变成了鱼的！现在他要像披屈拉克③那样诌起诗来了；洛拉比起他的姑娘来，只抵得过一个灶下婢；凭玛丽，她的情爱比洛拉的更值得吟诗；丹陀，比起她来太不漂亮了；相形之下，克丽奥珮屈拉成了个浮浪的没姿容的吉卜赛妇人；海伦和希罗都变成下贱的婆娘、烟花女子了；昔斯皮有一双灰色眼珠，但也比不上她。萝密欧先生，bon jour！这对你的法国式招呼是个法国式回敬。你昨晚上给我们上了好一个当。

萝密欧 祝你们两位早安。我给你们上了什么当？

茂科休 你溜了，兄弟，溜得快；你想不起来吗？

萝密欧 对不起，茂科休阿哥，我有要事；碰到我这样的情况，一个人难免要失礼。

茂科休 那便等于说，在你那样的情形下，一个人不得不屈膝了。

萝密欧 你的意思是，道个歉。

茂科休 你说得非常合式。

萝密欧 是个十分斯文讲理的说法。

茂科休 不止如此，我是非常温文尔雅的。

萝密欧 温文尔雅，斯文讲礼，开了花。

茂科休 对。

萝密欧 嗨，那么我的跳舞鞋是开了花。

茂科休 说得妙；跟着我耍这阵贫嘴吧，等到你穿破了你的跳舞鞋，当那单底穿坏以后，那贫嘴还许要耍下去，那鞋子便只好拖着个破底。

萝密欧 啊，单底的贫嘴，底上开花开朵大红花！

茂科休 帮我一把吧，好班服里奥；我吃不消他。

萝密欧 飞鞭加上踢马刺，飞鞭加上踢马刺；否则我要判定没输赢。

茂科休 不行，你的五种心智若是像追猎野鹅似的，我就完了；因为凭你的一点儿智慧去追猎，就必定胜过我的五种心智。我可是在那里跟你去追猎野鹅吗？

萝密欧 你若不是在那里跟我去追猎野鹅，你就不是跟我在一起干什么事。

茂科休 我要咬你一口耳朵，为这阵贫嘴。

萝密欧 不要，好鹅儿，别咬。

茂科休 你的机灵好不酸甜，真是好调味。

萝密欧 吃美鹅儿时用它，岂不很好？

茂科休　　啊，这儿有金翅雀那么一点儿机灵，你把它拉长，从一英寸可以拉到四、五英尺！

萝密欧　　我把它拉就拉在那个“长”字上，应用到鹅儿上，就变成一只长颈大鹅。

茂科休　　呃，我们这样拉扯，岂不比呻吟着去求爱好吗？现在你好和气，你真是萝密欧了；现在你是你自己原来的样子了，无论是天性或后天养成：因为这个流眼泪鼻涕发昏的爱情活像个大傻瓜，他懒散地荡来荡去，要把他的玩意儿藏进一个窟窿里去。

班服里奥　　打住，打住。

茂科休　　你要我逆着本性不等把话说完就住口。

班服里奥　　否则你会把话拉得太长。

茂科休　　啊，你弄错了，我要把话说短；因为我已经讲到我话头的根柢上；并且当真想不再讲下去了。

萝密欧　　好机关来了！

［乳母与彼得上。

茂科休　　一张帆，一张帆！

班服里奥　　两张，两张！一件衬衫，一条长裙。

乳　母　　彼得！

彼　得　　有。

乳　母　　彼得，我的扇子。

茂科休　　好彼得，把她的脸遮着；因为她的扇子比她的脸好看些。

乳　母　　早安，两位士子。

茂科休　　晚安，好太太。

乳　母　　是道晚安的时候了吗？

茂科休　　差不多，告诉你，因为日晷上的那娼家针现在正指着子午度。

乳　母　　呸，你这人！你是什么样的人儿！

萝密欧　　太太，他是个上帝造出来损害他自己的人儿！

乳　母　　当真，说得好："损害他自己"，您说？两位士子，你们哪一位能告诉我，我在哪里能找到那年轻的萝密欧？

萝密欧　　我能告诉您；可是年轻的萝密欧，您找到他时比您找他的时候要老那么一点点了：我是取那个名字的人中间最年轻的一个，没有取到一个比这还坏的名字。

乳　母　　您说得挺好。

茂科休　　是啊，最坏的也挺好吗？估量得挺好，聪明，聪明。

乳　母　　您若是就是他，先生，我有句知心话儿要跟你讲。

班服里奥　　她要请他去吃晚饭。

茂科休　　一个虔婆，一个虔婆，一个虔婆！嗨，嗨！

萝密欧　　你见到了什么？

茂科休　　不是什么野兔子，老弟；除非是大斋时节兔肉饼里的兔肉，已经变味发霉，只等丢掉。[唱。

老兔肉，发白霉，
老兔肉，发白霉，
本是大斋时节的好点心：
可霉了的兔肉饼，
多少人也吃不进，
没人要吃发霉的兔肉饼。

萝密欧，你回家里去吗？我们要到你家里吃饭去呢。

萝密欧　　我就来。

茂科休　　再见，老奶奶；再见。

[唱]奶奶，奶奶，奶奶

［茂科休与班服里奥下。

乳　母　凭玛丽，再会。——请问你，这个放刁莽撞的家伙是谁，满口胡说八道？

萝密欧　奶妈，他是个士子，爱听他自己说话，一分钟里他说的话比他一个月里听到的话还多。

乳　母　他要是说我的坏话，不管他力气多大，再加上二十个家伙，我也要给他点颜色看看；我要是对付不了，我自会叫些对付得了他们的人来。王八羔子！老娘不是那些轻佻的小妇人，烂污货色，给他们随便糟蹋。你可站在一旁不做声，让这样个坏蛋随意欺侮我？

彼　得　我不见有谁欺侮你；我若是见到，保证会把家伙拔出来；我若见到咱们这么有理，法律在咱们这边，我比任何人都要拔剑出鞘得早。

乳　母　上帝在上，真把我气得浑身发抖。王八羔子！却说，先生，要跟你说句话儿；我刚才说过，我家小姐叫我来找您；她叫我对您说什么，我现在且不说：可是让我先告诉您，您要是诳骗了她，正如人家所说的；因为我们的小姐还正青春年少；所以，您若欺蒙了她，那是对好人家小姐挺不应该做的事，那就很坏很坏。

萝密欧　奶妈，请替我对您家小姐致意，我对您发誓——

乳　母　好人儿，当真，我要这样告诉她，主啊，主啊，她将是个快乐的女人。

萝密欧　奶妈，您要告诉她什么？您没有听我说啊。

乳　母　我要告诉她，先生，您发誓；这个，我认为，是个读书士子的求婚。

萝密欧　要她设法在今天下午出来

行忏悔的圣礼，让她来到劳伦斯
神父庵房内，得到了赦罪，随即
行合卺的仪式。这里酬劳给您。

乳　母　　不用，真的，先生；我不好拿钱。

萝密欧　　得了，我说，你务必要收。

乳　母　　今下午，先生？好的，她准定会去。

萝密欧　　好奶妈，请待在寺院围墙那后边，
就在这一个钟头里，我的仆人
会到你跟前，抱着一捆海船上
软梯一般的绳索来给你带去；
在秘密的夜晚，我将要凭它攀登
我喜庆的上桅帆篷。再会，忠诚
对待我，我一定报谢你这份辛劳；
再会了；请为我对你家小姐致意。

乳　母　　上帝在天上祝福你！听我说，先生。

萝密欧　　你说什么呀，好奶妈？

乳　母　　　　　　　　　　你那个人儿
靠得住？你没听到老话说过吗，
两人知道守秘密，多一个就不行？

萝密欧　　我保证，我那仆人钢一样可靠。

乳　母　　好吧，先生；我家小姐是个最可爱的姑娘——主啊，主啊！当她还是个咿呀学话的小东西时——啊，城里有个贵家子弟叫巴列斯的，巴不得将我家小姐弄到手；可是她，好乖乖，宁愿瞧见一只癞虾蟆，也不愿见到他。我有一回曾对她说，巴列斯人品不错，却惹她生了气；可是，我向你保证，我那样说时，她脸色

苍白，难看得像块破烂的碎布。请问，罗丝玛丽花跟你的名字萝密欧可是用同一个字母开头的吗？

萝密欧　是的，奶妈；怎么说？都是用 R 开头的。

乳　母　啊，耍贫嘴挖苦的人儿！那是条狗的名字；R 是那条——不；我知道是用另一个字母开头的——她对于你和罗丝玛丽总是连在一起，有很美很美的想法，你听她讲起来准会喜欢。

萝密欧　你替我向你家小姐致意。

乳　母　哎，我会不断向她讲。　［萝密欧下。

彼得！

彼　得　有。

乳　母　彼得，接下我这把扇子，你在前面走。　［同下。

第 五 景

［凯布莱忒家花园。］

［琚丽晔上。

琚丽晔　我叫奶妈前去时，正是九点钟；
她答应在半个钟头里边回来。
也许她不能碰见他；那可不会。
啊，她的腿是跛的！恋爱的信使
应当是思想，那比驱散山坡上
阴影的太阳光线还要快十倍；
所以维纳斯的瑶车由飞翼的瑞鸽
来捷驰，风样快的邱璧特有翅膀。

此刻太阳已经升上了最高天，
从九点到中午十二点有长长三个
钟头，可是她还没有到家来回话。
要是她是个有感情、有温暖的青春
血液的人，她行动会快如滚球；
我的话会把她抛到我的爱那边，
他的话也会将她抛回到我这里；
可是老年人，很多假装得像死人，
铅一般迟钝不灵，笨重而苍白。——

［乳母与彼得上。

啊，上帝，她来了！——好心肝奶妈，
有什么消息？你碰到他了吗，差开
你的人。

乳　母　彼得，到门外去待着。［彼得下。

琚丽晔　亲爱的好奶妈。——暧呀，上帝，为什么
你脸色发愁？即使消息不大好，
你也该快快活活讲；如果消息好，
你不该用这副哭丧的脸色演奏
那美好音讯的清音妙乐来恼人。

乳　母　我真累坏了；让我歇息一会儿。
吓，浑身骨头痛！多累的这一程！

琚丽晔　我但愿把我的骨头给你，你把
那消息给我。别那样，来吧，我求你。
说啊；好奶妈，快说。

乳　母　耶稣啊，忙什么？
你难道不能等一下？你不见我气都

喘不过来吗？

琚丽晔　　你怎么喘不过气来，

却能喘过来告诉我喘不过气来？

为了要拖延，你提出推托的言辞，

比起你推托不说的故事还长些。

你带来的消息是好还是坏？回答，

只说一个字，详细怎么样，好再讲：

让我先满足，是好还是不好啊？

乳　母　得了，你错选了这么个小子；你不懂怎样去挑选一个当家的。萝密欧！不，他不行；虽然他的脸比谁都漂亮，他的腿比大伙儿都好样；讲到他的手，他的脚，他的个儿，虽然不怎样好给谈起，可是它们比谁的都要长得俊；他不是文雅的好样，可是，我保证，他好比羔羊那么温柔。且看你的运气，姑娘；要敬奉上帝。怎么，你在家吃过饭吗？

琚丽晔　没有，没有；这一切，我可早知道。

他对我们的结婚怎么说？说什么？

乳　母　主啊，我的头好痛！痛死人，这脑袋！

它痛啊，像是要裂成二十块一般。

还有后边的背也痛，——哎呀，我的背！

咒你坏心肠，差我外边去，替你

东奔又西走，叫我去瞎忙寻死！

琚丽晔　当真，对不起，害得你这么样难受。

亲爱的，我的好奶妈，告诉我，我的爱

说些什么？

乳　母　　你的爱，他说啊，他真是

好一位诚实的士子，他谦恭、和蔼、
又美好，真一表人材，而且，我保证
又德性高超，——你母亲在哪里？

琚丽晔 我母亲在哪里！嗨，她是在里边；
她还能在哪里？你的回答好奇怪！
“你的爱他说啊，他真像个诚实的士子，
你的母亲在哪里？”

乳　母 哎呀，圣母娘！
你这样焦躁？凭玛丽，来吧，我猜想：
这是你敷我筋骨疼痛的药膏吗？
以后你自己去信得了。

琚丽晔 别这样
纠缠下去了！来啊，萝密欧怎么说？

乳　母 你已经得到了许可今天去忏悔吗？

琚丽晔 得到了。

乳　母 那么，快去到劳伦斯神父庵房里，
那里有一个丈夫要叫你做妻子，
现在放肆的热血升上了你两颊，
一听到好音讯，它们顿时就泛红。
赶快到教堂里去；我得去另外
张罗一张梯子来，用了它你的爱
一等到天黑就可以攀登上鸟窠来：
为使你快乐，我得去奔波劳累，
可是到晚上，你便得承受重负。
去吧；我去吃晚饭；你快去庵房。

琚丽晔 快去就鸿运！忠诚的奶妈，再会。 [同下。

第 六 景

［托钵僧劳伦斯的庵房。］

［劳伦斯与萝密欧上。

劳伦斯神父　愿上天笑对这神圣的嘉礼、祝福，
莫让日后的悲愁把我们来谴咎。

萝密欧　阿门、阿门！可无论有什么样悲愁，
它总不能抵消掉这短短一分钟
里边我看见她时的无限欢乐。
只要你用神圣的言辞祝我们合掌，
就不怕吞噬爱情的死亡来施暴；
我只要能称她是我的，万事已足。

劳伦斯神父　这些强烈的欢乐有强烈的后果，
像火跟火药相接触，彼此因亲吻
而消耗，它们也由于胜利会死亡；
最甜的蜂蜜甘醇得发腻，品尝时
把人的味觉搅扰得昏乱不堪；
所以，要爱得温存些；悠久的爱情
便如此；太快和太慢同样反迂缓。

［琚丽晔上。

这位小姐到来了：啊，她步履
如此轻盈，决不会磨损这圣坛前
无比坚实的燧石：一个钟情人
可以骑跨着夏天在日照的空中、

随风飘荡的游丝而不会往下掉；
虚幻的幸福感使他飘然神往。

琚丽晔 我向接受我忏悔的神父问晚安。

劳伦斯神父 教女，萝密欧会替我们俩多谢你。

琚丽晔 我也多谢他，否则他谢得会太多。

萝密欧 啊，琚丽晔，要是你感到的欢乐
跟我的同样堆得高，而你把它来
表彰的能耐比我的要好，那么，
将你的呼息使这邻近的气氛
布满你口中吐出的芬芳，而让
富丽的音乐的妙奏宣扬想象中
那阵幸福，把我俩这次的相会
所带来的衷心欢乐尽情倾吐。

琚丽晔 富丽的诗思在本体，不在言辞，
可资夸耀的是实质，不是装饰；
只有乞丐才历数他们的家珍；
但我的诚挚的爱情这样丰盈，
我不能计数这财富中间的一半。

劳伦斯神父 来吧，跟我来，我们把事情快做好；
因为，请原谅，神圣的教会将你们
结合之前，你们俩不该待在一起。 [同下。

第二幕　注释

① 山林女神回声（Echo）因眷恋少年男神自我爱慕的水仙（Narcissus），未蒙爱顾，憔悴而死，形骸虽消逝，但声音尚存。

② 指邱璧特。

③ 披屈拉克（Petrach，1304—1374），意大利诗人，擅写情诗。

第三幕

第一景

［樊洛那。一广场。］

［茂科休、班服里奥、侍童与仆从们上。

班服里奥 请你，好茂科休，让我们引退吧；
天好热，凯布莱忒家里人出来了，
我们碰到时，少不了有一场吵闹；
因为在这大热天，脾气容易躁。

茂科休 你倒像这样一个家伙，他走进酒店的门墙，把剑在桌上一拍，说道："上帝叫我用不到你！"等到把第二杯喝下时，他却拿起剑来，无故跟酒保吵架。

班服里奥 我像这样一个家伙吗？

茂科休 得了，得了，你的性子赶得上意大利任何哪一个家伙，动不动就动肝火，一动肝火就动手动脚。

班服里奥 接着又怎样？

茂科休 吓，要是有这样的两个人碰到，不久就会一个都不剩，因为他们会彼此互相杀掉。你啊！嗨，只要有个人比你多一根须髯，或是少一根，你就会跟他吵架。你会跟一个人吵架，见到他在剥壳吃栗子，不为了别的理由，只因你的眼珠是栗壳色的；除掉生这样眼睛的人以外，谁会这样挑剔地去跟人家寻事？你的脑袋里装满了跟人吵闹的念头，好比一个鸡蛋装满了蛋黄蛋白，可是为了惹是生非，你的脑袋给人打得昏愦糊涂，像个坏蛋一样。你跟一个人吵过架，只为了他在街上咳嗽，把你的一条在太阳里睡觉的狗咳醒。你不是曾经跟一个裁缝吵翻过吗，因为他在复活节前穿上了他的紧身短褂？跟另一个也闹翻过吗，只因他在新鞋子上系了旧鞋带？可是你现在却来教训我莫跟人吵架！

班服里奥 要是我跟你一样会吵架，用不到一时半刻，我这没代价的性命就会给人家买去了。

茂科休 没代价的性命！吓，没代价！

[铁鲍尔忒及其他人上。

班服里奥 凭我的脑袋打赌，凯布莱忒家的人来了。

茂科休 凭我的脚后跟打赌，我不在意。

铁鲍尔忒 紧跟着我来，我去跟他们说话。
士子们，晚安：跟你们不论谁说句话。

茂科休 跟我们不论哪个说句话？再加上
一点别的吧；一句话之外，加一拳。

铁鲍尔忒 你会见到我乐意奉陪，先生，只要你给我个因由。

茂科休 不用给你，你能不能主动想个因由？

铁鲍尔忒 茂科休，你跟萝密欧相结交，——

茂科休 结交！什么，你把我们当做吟游卖唱人吗？你若是把我们当做吟游卖唱人，告诉你，你只能听到些沙喉咙，刺耳的调门：这儿是我的拉弓，你别装聋；听着听着，叫你跳起舞来。去你的，结交！

班服里奥 我们在公众汇集的这场所说话，
不如且到隐僻些的所在去交谈，
彼此有什么不快意好平心讲话，
否则各自且走开；这里人太多，
张望着我们。

茂科休 人们有眼睛要张望，
让他们望吧；我不讨任何人喜欢，
不离开。

[萝密欧上。

铁鲍尔忒 好了，悄声些；我的人来了。

茂科休 他若是穿你的仆装，我便给绞死：
凭玛丽，你跟他决斗，他便跟你走；
在那意义上，你可以叫他你的“人”。

铁鲍尔忒 萝密欧，我对你的痛恨只能给予你
一个这样的称呼，——你是个恶棍。

萝密欧 铁鲍尔忒，我因有爱你的理由，
相当原宥了你这个称呼的暴怒：
我并非是什么恶棍；所以，再会了；
我知道你对我并无一点儿了解。

铁鲍尔忒 小子，这可不能宽恕你对我
所给的触犯；所以，回过来，拔剑。

萝密欧 我矢言，我从来对你没有过甚触犯，
且爱你之深超过你所能想象，
要等你知道了我爱你的原委才明了：
所以，好凯布莱忒，——这姓氏称得上
跟我自己的同样亲热，——和解吧。

茂科休　啊，好平静、可耻、卑鄙的屈辱！

只有用冲刺，才能洗刷掉这耻辱。　［拔剑。

铁鲍尔忒，你这只野猫，想走吗？

铁鲍尔忒　你要跟我怎么样？

茂科休　猫儿王，俗语说你有九条命，我只要你一条；我如今只要这一条，为的是你今后还会见到我，留下那八条以后再说。你是否要拔剑出鞘？赶快，你还不动，我的家伙要到你耳朵上来了。

铁鲍尔忒　我来奉陪。　［拔剑。

萝密欧　好茂科休，收起你的剑。

茂科休　来，家伙，领教你的冲刺。　［二人交锋。

萝密欧　班服里奥，拔你的剑出来，打掉

他们的家伙。士子们，丢人啊，耐住

这暴行！铁鲍尔忒，茂科休，亲王

已明令禁止在樊洛那街上斗殴。

住手，铁鲍尔忒，茂科休！

［铁鲍尔忒从萝密欧臂下刺茂科休一着，与从人们逃走。

茂科休　我伤着了；

你们这该死的两家！我这可完了：

他没有受伤，就逃走了吗？

班服里奥　什么，

你受伤了吗？

茂科休　嗳呀，划破了一点儿；

凭玛丽，够瞧的了。我小厮在哪里？

快去，家伙，去找个外科医生来。　［僮儿下。

萝密欧 壮着胆，老兄；这伤口不算太大。

茂科休 不大，它没有水井那样深，也没有教堂大门那样宽；可是已经够了，够人受的。你明天找我，我将是个坟墓里的人了。我保证，我是个伤透了的人，这辈子完了。你们两家都遭瘟！咄，一只狗，一只老鼠，一只小耗子，一只猫，来戳伤一个人，叫他死！一个夸口的，一个无赖，一个恶棍，他斗起剑来也要凭算术书本！他妈的，谁叫你插进我们中间来的？我是在你胳膊下边给戳伤的。

萝密欧 我完全出于好意。

茂科休 班服里奥，扶我进那间屋里去，
不然我就要晕倒了。你们两家
都遭瘟！把我喂了蛆虫蚂蚁；
我可生受了，够受的，你们这两家！

［茂科休与班服里奥下。

萝密欧 这位士子，亲王的至亲，他乃是
我的好友，为了我他伤重致命；
我的名誉被铁鲍尔忒所诽谤，
所污蔑。——铁鲍尔忒，一个钟头内
刚成为我的亲戚，亲爱的琚丽晔，
啊，你的美丽使得我变懦弱，
在我气质里软化了勇毅和刚强！

［班服里奥重上。

班服里奥 啊，萝密欧，萝密欧，勇敢的茂科休
已经死！那英勇的灵魂升入了云端，
它已经过早地弃绝了茫茫人世。

萝密欧　今天这一场惨死怕会招引起
日后的灾祸；这乃是悲怆的开始，
后继的伤痛难免要接踵而至。

［铁鲍尔忒重上。

班服里奥　狂暴的铁鲍尔忒又回头来了。

萝密欧　他还活着，胜利了！茂科休却已死掉！
让每人所自有的宽仁离我而去吧，
如今让火眼的狂怒做我的行动！——
这下子，铁鲍尔忒，收回你刚才
骂我的“恶棍”！因为茂科休的阴魂
就在我们头上方不远，等候你
去跟他作伴；不是你，就是我，或许
你我两个人，都得去跟他作伴。

铁鲍尔忒　是你，恶劣的小子，跟他相结交，
得和他作伴。

萝密欧　这就决定了要你去。

［两人相斗，铁鲍尔忒倒地。

班服里奥　萝密欧，快走，快走！
市民们惊动了，铁鲍尔忒已经死了；
别站着发怔：你若是给他们抓住，
亲王将判你死刑。离开！——快逃跑！

萝密欧　啊，我给命运愚弄了！

班服里奥　为什么
你待着还不走？　［萝密欧下。

［市民们上。

市民甲　那杀死茂科休的往哪里去逃跑？

铁鲍尔忒，那凶手，他往哪里跑？

班服里奥 那铁鲍尔忒躺在那边。

市民甲 起来，

你啊，跟我一同去。用亲王的名义，

我叫你服从。

［亲王率随从；芒太驹夫妇，凯布莱忒夫妇与其他人等上。

亲　王 这场斗殴的恶劣肇事人是谁？

班服里奥 啊，尊贵的亲王，我能将这一场

致命武斗的不幸的经过情形

向您报告。年轻的萝密欧已杀死

那个人，他躺在那里，就是他杀了

您的令亲，那勇敢的茂科休。

凯布莱忒夫人 铁鲍尔忒，他是我的侄儿！嗳呀，

我哥哥的孩子！亲王啊，侄儿！夫君！

嗳呀，我亲爱的侄儿给人杀死了！——

亲王啊，您是公正贤明的，我侄儿

这条命定要芒太驹家的血来偿还。

嗳呀，侄儿，侄儿！

亲　王 班服里奥，谁开始这场血斗的？

班服里奥 死在这里的铁鲍尔忒，萝密欧

杀了他；萝密欧好好跟他说，要他

思量这一场争吵多无聊，且劝他

考虑您殿下力疾禁止这骚乱；

萝密欧吐语温存神色静，气度

很恳切，但不能安抚听不进规劝

意气用事的铁鲍尔忒，他逞强
举剑直刺勇敢的茂科休的胸膛；
茂科休也怒上心头，剑刃对剑刃，
凭他那勇武的轻蔑，用他的一击
挡开了对方的冲刺，再挥另一剑
直指向铁鲍尔忒，他精湛的剑术
也就劈开他，萝密欧高声叫嚷道：
“住手，朋友们！朋友们，住手！”他行动
飞快，不等话说完，敏捷的臂腕
已打下他们的剑刃，他插身阻隔
他们；可就在他胳膊下边，这时候
冷不防铁鲍尔忒刺一剑，勇猛的
茂科休却正好被他刺中了要害，
铁鲍尔忒逃得快；可是一会儿
他又回来找萝密欧，萝密欧正怒上
心头要还报，两人动武如闪电，
不等我抽剑将他们从中阻隔，
勇猛的铁鲍尔忒已中剑，待他
一倒下，萝密欧也就脱身逃亡去。
我以上所说是真情，我敢于赌咒。

凯布莱忒夫人 他是芒太驹家里的亲戚；私情
使他说假话；他说得虚假不可信，
他们有二十个参加这场恶斗，
人多势众，大伙儿杀害他单身人。
我要请殿下主持公道，萝密欧
杀死了铁鲍尔忒，萝密欧逃不走。

亲　王　　萝密欧杀了他，他可杀了茂科休；
茂科休的血债如今由谁来担负？

芒太驹　　不由萝密欧来偿命，殿下，他分明
正是茂科休的朋友，他不过执行
法律，处铁鲍尔忒以死罪。

亲　王　　　　　　　　　　　　对于他，
我们立即判处他流放出国境：
你们两家的仇恨已跟我有牵连，
彼此的殴斗将我的亲戚来血溅；
可是我要给你们这样的惩创，
使你们深悔害得我亲故遭丧亡；
一切申辩和托辞我全都不理，
哭诉和祈求都将被我所鄙弃；
所以不必试；萝密欧须速速离开，
他若是给见到，就是他末日来临。
搬开这尸首，遵从我们的命令：
原谅了凶手，慈悲就罪恶不分明。　　　　[同下。

第 二 景

[凯布莱忒家花园。]

[琚丽晔上。

琚丽晔　　速速奔驰啊，火蹄飞捷的众神驹，
快赶向太阳的居处：驭者辉兀升①
将挥鞭把你们驱策到西方天际，

让阴翳的夜幕覆盖住万里空苍。——
张开你密闭的帷幔，你这个成就
恋爱的暗夜，夜行人闪眼不见时，
萝密欧正好投入我怀中，不被人
见到，不被人讲起。——恋人们都可以
在他们自己俊姣的光彩里交互
相陶融；或许，恋爱如果是青盲的，
它正好跟暗夜相和协。温存的暗夜，
来吧，你满身是素装玄服的大娘，
教我怎样在一场得胜的赌博中
输掉，当小伙同姑娘把纯洁的童贞
交相作赌注：用你那黝暗的斗篷
罩住我脸上羞怯的红潮，等到
新涩的爱情渐渐胆子大，觉得
真挚的眷恋不必因钟情而惭愧。
来啊，夜晚；来啊，萝密欧；来啊，
你这暗夜里的白昼；因为你会要
沾在暗夜翅膀上，比乌鸦背上
沾到的新雪还要白。温存的暗夜，
来啊；可爱的、乌额的夜晚，来啊，
把我的萝密欧带来；将来他死时，
将他化成一颗颗小星星，他将使
天颜上的明星闪烁，人们都会要
爱上了灿烂的夜空，不再去崇尚
炫耀的太阳。——啊，我购置了一座
爱情的宅邸，但还不曾占有它，

而我虽已将自己出售，但还未
被买主所享用；这日子这样难受，
正如一个节日前的夜晚对一个
孩子，他做了新衣服，可还不曾穿。——
啊，奶妈到来了，她带着消息来；

［乳母携绳捆上。

哪一个人儿，只要说起萝密欧，
他那个名字就道出天上的鸿文。——
奶妈，有什么消息？你带着什么来？
萝密欧要你带来的绳索捆？

乳　母　正是，
正是，是索子。［掷下绳捆。

琚丽晔　嗳呀！有什么消息？
为什么绞着你的手？

乳　母　嗳呀，天啊！
他死了，他死了，他死了！我们可完了，
姑娘，我们可完了！——我的天，怎么办！——
他去了，他给杀死了，他已经死掉！

琚丽晔　天道这样恶毒吗？

乳　母　萝密欧便这样，
天道可不然。——啊，萝密欧，萝密欧！——
谁会想到有这样的事！——萝密欧！

琚丽晔　你是何等样的魔鬼，这么煎熬我？
这酷刑该在阴司地狱里嗥叫出，
萝密欧杀了他自己吗？只要说声“是”，
你那个“是”要比含沙射影的毒蜮

还毒上十倍。我不再是我了，假使
“是”字这样恶；或者我两只眼睛
已经闭，它们若是叫你说了“是”。
他若是给杀了，就说“是”；若没有，说“不”，
简单两个字，决定我毕生的休咎。

乳　母　我见到他那伤口，我亲眼见到——
天知道！——可就他那雄伟的胸膛，
一具可怜的尸首，布满了血污；
苍白得灰一般，满都是一处处血糊
和血块：一瞧见我就眩晕过去了。

琚丽晔　啊，破裂吧，我的心！可怜的心腔，
马上破裂吧！眼睛啊，进监狱里去，
再莫看到自由了！卑微的肉体，
沉进黄泉去；停止这心头的跳动；
你跟萝密欧同压着一具尸体架！

乳　母　铁鲍尔忒啊，铁鲍尔忒！你是我
最好的友人！温文的铁鲍尔忒啊！
诚实的士子！想不到我活到今天，
会眼见你死去！

琚丽晔　这是阵什么风暴，
会这样背着方向刮？可是萝密欧
给杀了，还是铁鲍尔忒被杀死？
是我亲爱的表哥，还是我更加
亲爱的夫君？那么，可怕的号筒，
公布世界的末日来临吧！为的是，
倘若这两人已死去，还有谁活着？

乳　母　　铁鲍尔忒已经死，萝密欧被放逐；
萝密欧杀了他，所以给流放出国。
琚丽晔　　上帝啊！——萝密欧亲手杀了铁鲍尔忒吗？
乳　母　　他亲手，他亲手；嗳呀，正是他亲手！
琚丽晔　　啊，蛇毒的心肠，花一般的脸庞！
哪有毒龙曾躲在这样美的洞里？
美丽的暴君！天使一般的恶魔！
长鸽毛的乌鸦！狼一般贪戾的羔羊！
神圣的表象包裹着可鄙的本质！
你正跟你所分明显示的相反，
是个卑劣的圣者，光荣的恶棍！
造化啊，你在地狱里做了些什么，
把魔鬼的精灵赋予这样俊美
可爱的肉体的天堂？可有甚书本
含有这样卑劣的内容，装订得
竟如此优美？啊，欺诈怎么会
居住在这样一座富丽的宫殿中！
乳　母　　男人都没有信赖、忠诚和正实；
全都发假誓，赌了咒不算，都不是
东西，全是伪君子。嗳呀，哪有个
好男子？给我筛上点烧酒喝吧；
这种种悲伤、痛苦、忧愁使我老。
愿耻辱降临到萝密欧头上！
琚丽晔　　　　　　　　　　　　叫水泡
长上你的舌头，你这样恶毒愿望他！
耻辱跟他无缘，会羞于降落在

他额上：那里，荣誉会戴上王冠
坐上宝座，君临普天下的臣民。
啊，我刚才咒骂他，真是只畜生！

乳　母　他杀了你表哥，你还说他好话吗？

琚丽晔　我要说他坏话吗，他是我的丈夫？
啊，可怜的夫君，我当了三小时
你的妻子，竟如此乱斩你的声名，
还会有什么人能对他有所爱抚？
可是为什么，你这个恶人，你杀死
我表兄？那恶人表哥会杀死我夫；
回流吧，愚蠢的眼泪，流回泪泉
原处去；你们这些悼伤的点滴
本属于悲哀，如今却误献给了欢乐。
我丈夫活着，铁鲍尔忒原本要
杀死他，铁鲍尔忒是死了，否则
他是会将我丈夫杀死掉，这一切
都是安慰，那么，我为何要哭泣？
两个字，比铁鲍尔忒的死更惨酷，
将我杀死，我但愿把它们忘记掉；
但是，嗳呀，它们压在我记忆上，
像深重的罪孽镇在人们的心头：
“铁鲍尔忒是死了，萝密欧——流放，”
那“流放”两个字等于杀死了一万个
铁鲍尔忒。铁鲍尔忒给杀死，
已足够悲伤，假使那仅止于此：
或许，假令忉怛的悲伤欢喜

俦侣，必须要加上其他的愁惨，
当说了“铁鲍尔忒是死了”之后，
为何不加上“你父亲”，或者“你母亲”，
不，或者“你双亲”，今世的哀悼
也许已到了极致？但铁鲍尔忒
死讯后，加上“萝密欧流放”，说出
这句话是父亲、母亲、铁鲍尔忒、
萝密欧、琚丽晔全给杀掉，都死光。
“萝密欧流放！”那句话的死亡之中，
无止，无限，无量，无穷；没有话
能测量那阵悲伤的深广和惨痛。
我父亲、母亲，现在在哪里，奶妈？

乳　母　他们正在对铁鲍尔忒的尸体
痛哭。你要看他们？我来带你去。

琚丽晔　他们用眼泪洗他的创口，等他们
流干了眼泪，我要用我的眼泪
哀哭萝密欧被流放。捡起这一捆
绳索：可怜的绳索啊，你们受了骗，
和我一样；因为萝密欧已流放：
他把你们作为来到我新婚
床上的大道；可是我，一个小姑娘，
将作为一个守寡的闺女而死去。
来吧，绳索，来吧，奶妈；我要去
上我的新床；而死亡，不是萝密欧，
将接受我的童贞！

乳　母　快到你房里去：

我去找萝密欧来将你安慰：我知道
他现在在哪里。听着，你的萝密欧
今夜将到这里来，我就去找他，
他此刻躲在劳伦斯神父庵房里。

琚丽晔 啊，找到他！把我这指环交给我
这真心的骑士，叫他来作最后的道别。 [同下。

第 三 景

[托钵僧劳伦斯的庵房。]

[劳伦斯神父上。

劳伦斯神父 萝密欧，出来；走出来，惊恐的人儿，
苦难跟你结上了不解的因缘，
你是同灾祸结合得难解难分。

[萝密欧上。

萝密欧 神父，有什么消息？亲王的判决
怎样？有什么我还不知道的悲痛
要扼上我这臂腕？

劳伦斯神父 我亲爱的教子
对于酸辛的遭际太稔熟，我带来
亲王给你判决的音讯。

萝密欧 亲王的
判决会少于世界末日的来临吗？

劳伦斯神父 他所宣判的还算得比较温和，
没有判死罪，而是宣判你流放。

萝密欧 吓，流放！仁慈些，说是死刑吧；
因为流放远远比死刑更可怕：
莫要说“流放”。

劳伦斯神父 你是给流放出樊洛那，
忍耐吧，因为这世界十分广大。

萝密欧 樊洛那城垣外面没有世界了，
只有净土界、苦难、地狱本身。
从这里被流放是给流放出世界，
放逐出世界便是死：所以“被流放”
就是死亡的误称，你声称死亡
是流放，便是用一柄金斧砍掉
我这头，还对杀我的斧头而微笑。

劳伦斯神父 嗳呀，十恶的罪孽！啊呀，粗暴
而不知感激！你犯的过错，根据
我们的法律叫做死罪；但亲王
很仁慈，对你宽恩恕，拨开了律令，
将两个黑字“死刑”变成了“流放”，
这是亲仁的慈悲，而你却见不到。

萝密欧 这乃是酷刑，不是慈悲，琚丽晔
生活在这里，这里便就是天堂；
每一只猫儿，狗儿，小老鼠，每一个
滥贱的东西在此间天堂里活着，
可以望见她；可是萝密欧不能，
吃腐肉为生的苍蝇比较萝密欧
有更多合法性、殷勤和光荣的机缘：
它们可以占有亲爱的琚丽晔

窈眇玉手洁白的神奇，以及
从她嘴唇上窃取永生的祝福；
而那两片樱唇，以它们那清贞
和处女的羞怯，总在娇滴滴赧红，
仿佛认为它们的互吻是罪孽；
但是萝密欧却不能，他已被流放：
飞蝇可以做这些事，可是我只能
远走高飞：它们是自由人，但我已
被流放，而你却还说放逐不是死？
难道你没有配合好毒药，没备就
磨利的刀子，没想好急速的筹谋
来致我于死，不论怎么样卑鄙，
而只有这“流放”来将我杀死？——“流放”？
啊，神父，那两个字眼只有在
地狱才能可恶地运用；悲号伴随着
它们；你是个传道师，听忏悔的司教，
罪孽的赦免人，且自认是我的朋友，
你怎么忍心用“流放”来将我寸磔？

劳伦斯神父 你这痴情的疯子，只听我说句话。

萝密欧 啊，你又要说到流放了。

劳伦斯神父 让我来
帮你抵御那两个字；用厄运的甘乳，
达观，来慰藉你自己，你虽被流放。

萝密欧 还是“被流放”？将你那达观挂起来！
除非达观能造出一个琚丽晔，
迁移走一个城市，撤销掉一个

亲王的判决，否则就没有用处，
那就不作准：请不必再往下边讲。

劳伦斯神父 啊，那么，看来疯子是不生
耳朵的。

萝密欧 聪明人没眼睛，疯子怎么会
有耳朵？

劳伦斯神父 让我来跟你谈你的处境。

萝密欧 你所未感觉到的事情，你不能谈论，
你若是像我这样年轻，琚丽晔
又正是你的恋人，才结婚一小时，
因铁鲍尔忒被杀死，你若像我一般
热恋，又一般被流放，那时你就会
像我一般扯你的头发，摔倒
在地上，替自己量一个未造的坟茔。

劳伦斯神父 起来；有人在敲门；萝密欧，躲起来。[内敲门声。

萝密欧 我不躲；除非我心痛呻吟的气息，
云雾般掩蔽我躲过搜寻者的眼睛。[叩门声。

劳伦斯神父 你听，敲得多么响！谁在那里啊！
萝密欧，起来；你要被捉住了。等一下！
站起来；[叩门声。]跑到我书斋里去。等一下！
上帝命令你，这多么愚蠢！我来了，
我来了！[叩门声。]谁敲得这么响？你从哪里来？
你要干什么？

乳　母 [在内]让我进来，你就会
知道我来干什么；琚丽晔小姐
叫我来这里有事情。

劳伦斯神父　　那么，欢迎。

［乳母上。

乳　母　　嗳呀，神圣的神父，嗳呀，告诉我，
神圣的神父，我小姐的郎君在哪里，
萝密欧在哪里？

劳伦斯神父　　躺在那边地上
哭得天崩地陷。

乳　母　　嗳呀，和我家
小姐一个样，正和她一模一样！
嗳呀，同心相应啊！可怜的苦难！
她也是这样躺倒在床上，悲号
痛哭，痛哭悲号。站起来，站起来；
站着，若是个男子汉：为了琚丽晔，
为了她，爬起来站着；为什么您要
伤心得这样天坍地蹋？

萝密欧　　奶妈！

乳　母　　嗳呀，姑爷！嗳呀，姑爷！天哪，
死了，一切都完结。

萝密欧　　你是说琚丽晔
不是？她现在怎样？她莫非想到我
乃是一个杀人的老凶犯，如今
我已经用她近亲的鲜血，玷污了
我们的新欢？她现在在哪里？怎么样？
我这位秘密的新娘对我们活生生
被割断的姻缘，怎么说？

乳　母　　啊，她不说

什么话，姑爷，只是哭啊，哭啊；
一下子倒在床上；一会儿竖起来，
叫铁鲍尔忒；跟着又喊萝密欧，
再倒在床上。

萝密欧 仿佛我那个名字
是从枪口里瞄准了射出来似的，
一弹射死她：正如我这只毒手
杀死她的亲人一样。啊，告诉我，
神父，告诉我我这个名字是在我
身躯的哪一个部分，好让我摧毁
这可恨的院庄。 [抽剑。

劳伦斯神父 停住你这拼死的手，
你是个男子汉？你的形象似乎
你是的，你的眼泪又像是妇人；
你粗野的行动显示一只野兽
无理性的狂暴：样子像男子汉，
实是个不像样的妇人！或许竟是只
不像样的野兽装出个像样的男女！
你使我吃惊；凭我这神圣的教宗，
我想你生性比你表现的要好些。
你已经杀死了铁鲍尔忒？你还要
杀死你自己吗？也就是对你自己
施狠毒，去杀死恃你为生的那姑娘？
为什么咒骂你的生辰，怨天又恨地？
天地和你的生辰会合在一起
赋予你生命；你却要一举毁灭它。

可耻啊，你羞辱那堂堂七尺之躯，
你那宗爱情和才智；像一个盘剥
重利的刻啬鬼，你富有一切，却悭吝
舍不得正当地运用，去装点你那
仪表、爱情和才智：你端庄的相貌
只是个蜡制的形象，不具备男儿
所应有的勇毅；你誓言真挚的情爱
不过是谎骗，你却要杀死你发誓
所钟情的爱宠；你这份才智，本该是
你形象和情爱的装点，因运用乖错，
正像装在个笨拙的兵士火药瓶
里边的火药，被你自己所触发，
而你用来自卫的武器反把你
轰炸得四分五裂。怎么，快振作
起来吧，孩子！你的琚丽晔还活着，
为她的缘故，你刚才简直要自尽；
你这下可好了：铁鲍尔忒要杀你，
可是你却杀了他；你这下又好了：
威胁处死你的法律成了你的朋友，
将死刑改成流放；你这下又好了：
一大堆天恩降落到你的背上，
幸福穿戴着盛装在向你邀宠；
但你却像个蹩脚乖戾的女娘，
对你的幸运和爱情噘唇又咂嘴：
留神，留神，这样将不得好下场。
去吧，去如约跟你的情人相会，

进入她闺房，离这里前去安慰她；
但是要注意别待过巡夜的时限，
因为那样你便到不了孟都亚；
在那里你且住下，待我们看时机
将你们的婚姻来宣布，和解你们
两家的亲友，求亲王得他的宽恕，
然后用超过你如今离别的悲伤
两百万倍的欢喜接待你回来。
你先去，奶妈，替我向你家小姐
致意；要她设法使她的家里人
早些上床，他们经受了大悲伤，
当容易那样办到；萝密欧就来了。

乳　母　主啊，这样的好主意我在这里
待上一整夜也乐意来听；啊，
真是好学问！——我家的姑爷，我告诉
姑娘您就要来了。

萝密欧　就这样，要我的心肝
准备好一顿责骂。

乳　母　姑爷，我这里
有一枚指环她叫我捎给您，姑爷：
请您赶快去，天色已经很晚了。　［下。

萝密欧　这下子我又得到了多大的安慰！

劳伦斯神父　去吧，晚安；你的前途展现在
你面前。你可别待过巡夜的时限，
否则，到了黎明时，要化装逃走；
待在孟都亚；我将找到你的下人，

他可以随时向你通报在这里
发生的对于你的一切好消息。
把手给我；不早了，再会；祝晚安。

萝密欧 若不是一场超欢乐的欢乐在招我，
这样匆匆离别你，真使我痛苦：
再会。 [同下。

第 四 景

[凯布莱忒家中一室。]

[凯布莱忒、凯布莱忒夫人与巴列斯上。

凯布莱忒 伯爵，事情发生得这么不幸，
所以我们还来不及劝我家小女；
您瞧，她跟她表哥铁鲍尔忒
感情好，而我也喜欢他。——呃，人生
总不免一死。——时间已经很晚了；
她今夜不会下楼来；老实相告，
若不是您来，一个钟头前我早就
上了床。

巴列斯 这悲伤的时刻我来求婚，
不合时宜。夫人，晚安：请替我
向令嫒致意。

凯布莱忒夫人 我会的，明天一早
我就会探听她的意向；今夜她已经
闭上门，满怀着悲伤入睡去了。

凯布莱忒　巴列斯伯爵，我可以冒昧提供
我小女的情爱：我想有关她的终身
大事，她将听从我作主；是的，
非但是这样，我还深信而不疑。——
贤内，你临睡以前去看她一下，
告诉她关于这位巴列斯伯爵
求婚的喜讯；你叫她，你听我说，
就在礼拜三——且慢，今天是几时？

巴列斯　礼拜一，老伯。

凯布莱忒　礼拜一！哈哈！却说，
礼拜三太早了；且定在礼拜四：告她，
礼拜四她将跟这位伯爵成婚。
您可能及时准备好？您高兴这么快？
我们不作大排场；一两个亲朋，
因为，您听着，铁鲍尔忒才被杀，
是我们的至亲，若我们欢庆过度，
人家要认为我们太不重视他。
故而我们只邀请半打亲朋，
草草成大礼。可您对礼拜四怎么说？

巴列斯　老伯，我但愿礼拜四就是明天。

凯布莱忒　好吧，您去就是了；便定在礼拜四。
你在就寝前去到琚丽晔那里，
贤内，要她准备好迎接这新婚。
再会了，伯爵。——喂啊，掌灯在前面，
到我房里去！时间已经很晚了。
过一会我们就可说早晨了。晚安。　［皆下。

第五景

［琚丽晔的卧室。］

［萝密欧与琚丽晔上。

琚丽晔 你就要去吗？天还没有近破晓：
这是夜莺在歌唱，不是那云雀，
刺进你惊恐的耳鼓，催得你慌张；
夜夜它在那石榴树枝头吟唱，
相信我，亲亲，这是夜莺的歌声。

萝密欧 这是云雀在歌唱，是黎明的先驱，
不是夜莺。瞧啊，心爱的，一条条
含妒的曙光在东方镶缀着离云：
暗夜的明烛已烧尽，欢畅的晴日
踮着脚趾尖站上了雾漉的远山头。
我必须离别而图生，不能待下来
等死。

琚丽晔 那光彩不是晨曦，我知道
底细：这是太阳里喷吐出的流星，
替你今夜当一名执火炬的僮儿，
照耀你趁着这暗夜去到孟都亚；
所以，还待一会儿，不用马上去。

萝密欧 让我给他们逮住，让我被处死；
我心甘情愿，既然你高兴如此。
我要说那灰云不是黎明的眼睛，

而是月姝眉宇间苍白的反影；
那也不是云雀鸣，它的歌唱声
激动我们头顶上这样高的苍穹。
我只一心想待着，不愿舍身走：
来吧，死亡，欢迎你！琚丽晔愿如此。
怎么样，我的灵魂？让我们谈下去；
天还没有亮。

琚丽晔　　亮了，亮了，赶快走，
火速去流亡！这乃是云雀歌唱得
这样失了腔，嘶着嗓音刺耳调。
有人说云雀唱甜蜜相协的和声；
这可并不然，因为它把我们分离开，
有人说云雀和癞虾蟆交换了眼睛；
啊，我如今愿它们也交换了嗓音！
因为那声音惊得你和我离怀抱，
追逐你离开，因为追逐已开始。
啊，快去吧；天光已越来越亮了。

萝密欧　越来越亮？——我们的悲伤却越暗！

［乳母来到室内。

乳　母　姑娘！

琚丽晔　奶妈？

乳　母　你母亲娘娘就要到你房里来了：
天已经亮清；小心，切莫再大意。　［下。

琚丽晔　那么，窗户啊，让白昼进来，让生命
出去。

萝密欧　　再会，再会！再亲一个吻，

我就下边去。

琚丽晔　　你就这样走了吗？
我的夫君啊，我的爱，我的朋友！
我定得在长日之中每一小时里
听你的音讯，因为一分钟里边
有好多日子；啊，这样计算时，
要我这年华已经老，才能再见你，
我的萝密欧！

萝密欧　　再会！我决不放过
任何的机缘，亲亲，捎给你我对你
殷勤的问讯。

琚丽晔　　啊呀，你想我们俩
什么时候能再见？

萝密欧　　我没有疑问；
如今这种种悲伤将作为我们
将来那时节甜蜜欢谈的话题。

琚丽晔　上帝啊！我灵魂预感到不祥的凶兆！
我好似见到你，现在你在这下边，
像一个死人在一座坟墓底上：
若不是我眼光昏花，定必你容颜
惨白。

萝密欧　　相信我，亲亲，我眼中望出来，
你也是如此：枯槁的哀愁吸干了
我们血色的红润。再会，再会！　［下。

琚丽晔　命运啊，命运！人们都说你反复
无常，你如果是这样，对一个忠贞

不渝的人儿，你将怎么样？命运，
你就变易无常吧；因那样，我希望，
你便会不至于抓住他不放，但让他
就回来。

凯布莱忒夫人 ［在内］喂呀，女儿！你起来了吗？

琚丽晔 谁在叫我？可是我的娘亲？是她
睡得这么晚，还是起得这么早？
是什么异常的因由使她来这里？

［凯布莱忒夫人上。

凯布莱忒夫人 嗨，怎么了，琚丽晔？

琚丽晔 母亲，我不舒服。

凯布莱忒夫人 你还在为你的表兄之死而哭吗？
怎么，你要用眼泪把他从坟墓中
冲出来不成？你如果能够做到，
也不能使他复活，所以，算了吧：
适度的悲伤显示感情的真挚，
但是过分的悲伤则显得欠明智。

琚丽晔 且让我为这样伤心的损失而哭泣。

凯布莱忒夫人 你可以因感到损失而苦恼，但苦恼
不能挽回那亲人的丧亡。

琚丽晔 痛感到
损失，我不能不为那亲人哭泣。

凯布莱忒夫人 是啊，女儿，你为他的死亡哭泣，
更为那杀他的恶棍还活着而悲伤。

琚丽晔 什么恶棍，母亲？

凯布莱忒夫人 萝密欧那厮。

琚丽晔　［旁白］恶棍跟他相去有千里之遥。——
上帝宽恕他！我为他全心地求赦免。
可是没有人能像他伤我的心儿。

凯布莱忒夫人　这是因为那杀人凶手还活着。

琚丽晔　正是的，母亲，只恨我不能把他
抓在我这手里：但愿我能替表兄
报他的仇恨！

凯布莱忒夫人　这仇定得报，你放心：
别再哭泣了。我要差人到孟都亚，
那里这放逐的歹徒客居而流亡，
有人将用一点点剧毒给他吃，
准叫他不久同铁鲍尔忒共运命：
那时节，我希望，你自会心满意足。

琚丽晔　当真，我对于萝密欧将决不满足，
除非亲眼见到了他呀——死去——
这可怜的心这么样为一个亲人
愁苦：母亲，您若能找到一个人
前去下毒药，我会把毒药调制好；
萝密欧只要吃了它，马上会安睡。
啊，一听到提起他名字，我不能
对我表哥所怀的感情作表示，
向杀死他的凶手报仇雪恨，
我的心可多么憎恶愤怒得难熬。

凯布莱忒夫人　你去设法找毒药，我来找那个人。
可现在我来告诉你好消息，女儿。

琚丽晔　在这样需要的时候，欢乐正来得

及时：是什么好消息，请问娘亲？

凯布莱忒夫人 好啊，你有这样个好爸爸，孩子；
为了消除掉你心头的愁苦，他特地
选定了一个使你欢喜的好日子，
不但你想不到，我也难于猜想到。

琚丽晔 母亲，快些告诉我，是什么日子？

凯布莱忒夫人 凭玛丽，孩子，就在礼拜四清早，
那位风流年少的贵胄家士子，
巴列斯伯爵，将在圣彼得教堂里，
幸福地娶你做他的欢乐的新娘。

琚丽晔 我凭圣彼得教堂和彼得起誓，
他决不能娶我作他欢乐的新娘。
我诧异这事来得有这么突兀；
他想作丈夫，还没有向我求过婚，
我怎会出嫁。我请您，告诉我父亲，
我还不准备结婚；我如要结婚，
我发誓，要嫁给萝密欧，您知道，
我是恨他的，但我却不嫁巴列斯。
这些可真是新闻！

凯布莱忒夫人 你父亲来了；
你自己告诉他，看他怎样听你的话。

［凯布莱忒与乳母上。

凯布莱忒 太阳西沉时，空中下蒙蒙的细雾；
可是我外甥的太阳西沉的时候，
天下着大雨。
怎么！装上了水管吗，孩子？还在哭？

风雨没有停？在你这小小身躯里，
居然有一条船、一片海、一阵风：
你这双眼睛，它们是片海，总是有
眼泪的潮汐涨落；你的身体啊，
是条船，在海上扬帆；你悲叹，似海风；
叹息跟眼泪风狂雨骤相交并，
没有个休歇，就会打翻你这艘
浪打风吹的身体这条船。怎么了，
夫人？你向她传达了我们的决定吗？

凯布莱忒夫人 我说了，夫君；可是她不肯，只是说
多谢你。我愿这傻丫头死了干净！

凯布莱忒 且慢！说得明白些，说得明白些。
怎么！她不要嫁人？她不对我们
感激吗？她不是在逞强违拗？小贱人，
她不知得福吗，我们这么费心机，
攀得这样一位可贵的士子
做他的新郎？

琚丽晔 对你们，我不是逞强
违拗，而只是感激：对我所厌恶的，
决计说不上什么逞强违拗；
我虽不喜欢，但你们为我操了心，
我很感激，这也就是敬爱。

凯布莱忒 怎么，怎么，这强辩！这是什么话？
"逞强违拗"，"感激你们"，"不感激
你们"，"不逞强违拗"：宝贝姑娘，
你啊，不用你感激，也不许你违拗，

礼拜四之前修饰好你全身的关节，
去跟巴列斯同到圣彼得教堂，
否则我把你装进了囚笼送去。
滚开，生你萎黄病的烂肉！滚开，
坏货！黄脸、丫头！

凯布莱忒夫人 哎呀，不像话！
你疯了不成？

琚丽晔 好爸爸，我跪着求您，
请耐心听我只讲一句话。

凯布莱忒 你去死，
坏货！忤逆的东西！关照你，礼拜四
你得往教堂里头去，否则，以后
永远别见我的面，别说话，别回话；
我的手指痒着呢。——贤内，我们
时常怨自己福分薄，只生下这独女；
可是我如今方知道这一个已太多，
我们有了她对我们就是个诅咒：
滚她的蛋，小贱人！

乳　母 上帝在天上
祝福她！——您不好，老爷，这样责骂她。

凯布莱忒 为什么不该责骂她，聪明的老太？
不用你多嘴，智虑明达的大娘；
你去跟你那些多嘴婆娘们噜苏吧。

乳　母 我没有冒犯您啊。

凯布莱忒 去你的，该死！

乳　母 话都不能让人讲吗？

凯布莱忒 住口，
你这咕哝的蠢家伙！跟你那些
闲聊的婆娘们高谈阔论去吧；
我们这里用不到。

凯布莱忒夫人 你火性太旺了。

凯布莱忒 凭圣餐面包发誓！真叫我发疯：
白天，黑夜，每时每刻，不论是
忙着，空着，一个人，或跟人在一起，
我总思虑着要替她找个好夫婿，
如今找到了一个贵人家士子，
有庄园田产，又年轻，受过好教养，
正如人家所说的，十二分人才，
好到没得话讲了；却偏偏碰到
这个恶劣的哭哭啼啼的傻丫头，
这哀鸣的木偶，放着上门来的福分
不要，说什么“我不要结婚；我不能
恋爱，还太年轻！我请您原谅我”。
但是，你若不愿意嫁人，我可以
原谅你，尽你到哪儿去吃草，可不许
在我这屋里居住：你打量、思想个
明白，我说话素来不开甚玩笑。
礼拜四就在眼前；要周详考虑：
你若是我女儿，我将你配给我朋友；
你若不是我女儿，去上吊，做花子，
挨饿，在街头死掉，都随你的便。
因为，凭我的灵魂，我决不承认你

作我的女儿，我所有的东西也决不
会对你有什么好处：相信我这话，
仔细去考虑；发过誓，我决不反悔。 [下。

琚丽晔 云端里没有圣灵怀着慈悲吗，
他不见我心头深处这层哀愁？
啊，我亲爱的母亲，莫将我抛弃！
延迟这亲事哪怕一个月，一星期，
否则若是您不能，在铁鲍尔忒
长眠的幽暗坟墓里，铺我的新床。

凯布莱忒夫人 别对我说话，我没有什么话好说，
随你怎么办，我对你已撒手不管。 [下。

琚丽晔 上帝啊！——奶妈啊，这事怎样去避免？
我丈夫还在这人间，我的信誓
已经送上天，这信誓怎么能回到
地上来，除非我丈夫离开了人间，
到天上去将它送回来？安慰我，替我
出主意。嗳呀，嗳呀，上天竟然会
捉弄像我这样个柔弱的可怜人！——
你怎么说法？你难道没有一句
使我乐意、安慰我的话，奶妈？

乳　母 当真，这样吧。萝密欧已经被流放；
整个天下世界都不顶事，他决不
敢回来向你理论，要求守信誓；
如果他能回，只能偷偷地溜回来。
那么，事情既然已到了这地步，
我想你最好还是跟这伯爵成了婚。

他是位可爱的士子啊！
萝密欧比起他来只是块抹布：
一只鹰，姑娘，也没巴列斯这样
一双碧澄澄、又英锐、又美好的眼睛。
诅咒我这颗良心吧，我想你这回
第二遭匹配比初次更加快乐，
因为它胜过了头一遭；或者，若是不，
那头遭已经死；或者，跟死一个样，
虽活在这世上，但你不能享用他。

琚丽晔　你这是从心里讲出来的吗？

乳　母　　　　　　　　　　　　怎么不？
还是我灵魂里的话；否则，我的心
和灵魂都得受诅咒。

琚丽晔　　　　　　　阿门！

乳　母　　　　　　　　　　　　什么？

琚丽晔　很好，你已经给了我很大的安慰。
里边去；告诉我母亲，我已经出去，
因为得罪了父亲，我到劳伦斯
神父庵房里去忏悔，请求赎罪。

乳　母　凭玛丽，我就去；你这样行事聪明。　［下。

琚丽晔　阿鼻地狱！啊，万恶的毒魔精！
这两桩罪孽哪一桩更毒辣，是叫我
毁誓背信欺罔他，还是鼓那条
长舌先将他赞美得上千遍无比好，
又将他糟蹋得这样坏？去吧，恶顾问，
从此你跟我的心各走各的道。

我要到神父那里去向他求教：

若一切都不成，我最后还有一死。　　　　　　［下。

第三幕　注释

① 辉兀升（Phæthon）：太阳神之子。

第 四 幕

第 一 景

［托钵僧劳伦斯的庵房。］

［劳伦斯神父与巴列斯上。

劳伦斯神父　就在礼拜四，伯爵？时间很迫近。

巴列斯　我岳父凯布莱忒说是要这样；
我也就不想去延缓他的急迫。

劳伦斯神父　您说您还不知道那姑娘的情意，
事情进展得不平稳，我不爱那样。

巴列斯　为铁鲍尔忒的死她伤心过度，
所以我不便多向她谈情说爱；
因为维纳斯在一个哭泣的家中
不会露笑容。神父，她父亲觉得
她这样悲伤过度有点儿不安全，
所以考虑得周详，提早了这婚事，
去抑止她那股如此泛滥的泪流；
那悲感，独自一人时萦系她心怀，
有了伴侣，她也许能排遣而放开；
现在您可明白了这匆忙的因由。

劳伦斯神父　［旁白］我但愿不知为何应延缓的因由。
您瞧，伯爵，姑娘正来到这庵房。

［琚丽晔上。

巴列斯　可喜恰巧能相逢，淑女和贤妻!

琚丽晔　伯爵，也许我嫁后，才好用这称呼。

巴列斯　到了礼拜四，小妹，那也许，一定会。

琚丽晔　一定会，将会有。

劳伦斯神父　那是段肯定的经文。

巴列斯　您可是来对神父进行忏悔吗?

琚丽晔　回答您这话，我须得对您承认。

巴列斯　请莫对他否认，您是爱我的。

琚丽晔　我会对您承认，我是爱他的。

巴列斯　我相信，您也会对我承认，您爱我。

琚丽晔　假使我承认，在您背后说爱您，
比当着您的面承认会更有价值。

巴列斯　可怜的人儿，眼泪损伤了你的美。

琚丽晔　眼泪并没有得到多大的胜利；
因为在损伤前，我这容貌并不美。

巴列斯　你这样说法比眼泪更委屈了它。

琚丽晔　这不是毁谤，伯爵，这是实在话；
我如今说来，是当我自己的面说的。

巴列斯　你这脸是我的，你是毁谤了它了。

琚丽晔　也许是这样，因为它不是我自己的。
您此刻有空吗，神父；还是让我
晚上做弥撒的时分再来一次?

劳伦斯神父　我还是现在有空，含愁的教女。——

伯爵，请原谅，我们有事要商谈。

巴列斯 上帝不让我来打扰你奉献虔诚！——
琚丽晔，礼拜四清早我要来闹醒你；
到那时，再见，请保留这神圣的一吻。 ［下。

琚丽晔 嗳呀，把门关上了，你关好之后，
请来陪我哭；没希望，没解救，没生路！

劳伦斯神父 啊，琚丽晔，我已经知道你的愁苦；
我智穷力竭，想不出一个筹谋；
听说礼拜四你定得跟伯爵成婚，
没有任何事能把这婚礼推迟。

琚丽晔 神父，不用对我讲您听说这件事，
除非您能告诉我怎样去防避它；
若是你的智虑不能对我有帮助，
你只得承认我这决心才明智，
用这把刀子我立刻解决这一切。
上帝结合了我跟萝密欧的心，
你替我们成了婚；在我这只手，
你将它结合萝密欧的手，背弃他
之前，或者我一秉的真心背信
弃义另有所爱之前，这利刃把它们
都斩绝；所以，请从你丰富的经历里，
提示我一些教益，否则，请瞧吧，
在我和我的苦难之间，这一柄
嗜血的快刀将会做我的裁判人，
为我解决你悠久的经历和才能
所无法替我去找到的一个光荣

解决的结局。不要迟迟不说话；
你说的如果无济于对我作挽救，
那我只有去一死。

劳伦斯神父 且慢，教女：
我探索到了一种希望，但必须
要求用拼死的手法去干，它和
我们要防止的恶果同样地险恶。
倘若，你与其去同巴列斯伯爵
成婚，而宁愿下决心将自己杀死，
那么，你倒有可能采取那类似
死亡的行径去赶走那层羞耻。
为逃避那耻辱，须得同死亡对敌；
假使你敢做，我能给你那解救。

琚丽晔 啊，只要不嫁给巴列斯，你可以
叫我从那座高塔雉堞上跳下来；
叫我从盗贼横行的公路上行走；
叫我在虺蝮丛集的处所去潜伏；
叫我同咆哮的怒熊锁在一起；
或者在夜间把我关闭在殓尸所，
那里堆满了戛戛声响的死人
骸骨，有发出难闻恶臭的胫骨
和萎黄的烂掉下颚的累累骷髅；
或者要我到一座新坟里边去，
跟一具死尸共同用一条殓衾；
这种种只听说讲起便使我发抖；
可是我毫不恐惧或迟疑会做到，

只要能做我亲人的淑配和贤妻。

劳伦斯神父 那么，忍耐住；回家去，显得满高兴，
答允嫁给巴列斯；明天是礼拜三：
明晚上你得独自一个人上床去，
别让你奶妈在你房里一起睡；
你在床上取出这药瓶，将这瓶
药液一口往下吞；顿时你全身
血脉被一股昏沉的寒气所侵袭，
随即脉搏便会停止跳动；
再无体温和呼吸能证明你活着；
你嘴唇和脸上的红润都将消退
变灰白，你眼睑紧闭好像已死亡，
寂灭便已经闭上了生命的白昼；
你周身各处，失去了柔软的机能，
将显得死一般僵硬又寒冷；你在这
假借的瑟缩死亡的貌似之中，
将继续留存四十又二个钟点，
然后像从愉快的睡眠里醒回来。
故而当新郎在早晨到你的床头
来将你唤醒时，你已经显得身亡；
那时，将按照我们宗邦的风俗，
替你穿上了华装，安放在尸架上，
你将被送往历来的凯布莱忒
世代都安葬的地下坟墓里头去。
同时，我预备在你苏醒回来前，
去信给萝密欧告知我们的行事。

他便会赶到这里来：他和我两人
将守着你醒来，就在那天的夜间，
萝密欧将同你离此前往孟都亚。
这么办将救你逃脱如今这耻辱，
假使你不优柔寡断，不胆怯寒心，
进行这行止时不稍减你的勇气。

琚丽晔　给我，给我！啊，别对我说害怕！

劳伦斯神父　要忍耐；去吧，我愿你立志坚强，
前途无量。我会差一个师弟
赶快去孟都亚，替我捎信给你郎君。

琚丽晔　让爱情给我力量！力量一定会
给我生路。再会了，亲爱的神父！　［同下。

第 二 景

［凯布莱忒家堂上。］

［凯布莱忒、凯布莱忒夫人、乳母与二仆人上。

凯布莱忒　要邀请这单上写的这许多宾客。——［仆甲下。
来人，给我去雇上二十个大师傅。

仆　乙　老爷，您可以放心，小的要挑上能舔手指头的来侍候。

凯布莱忒　你怎么知道他们有能耐？

仆　乙　凭玛丽，老爷，不会舔自己手指头的，准是个不行的厨子，所以，这样的厨子我就不用他。

凯布莱忒　行，去吧。——　［仆乙下。
我们这下子可能难以准备得

周全。什么，我女儿是往劳伦斯
神父那里去了吗？

乳　母　　哦，正是。

凯布莱忒　好的，他也许可以把她规劝好，
真是一个乖张使性的浪蹄子。

［琚丽晔上。

乳　母　瞧她忏悔了回家来，挺是高兴。

凯布莱忒　怎么了，倔强姑娘！你浪荡到哪里？

琚丽晔　我到了那里，懂得我对您老人家
和您的训谕不该作出那忤逆
反抗的罪孽表示，当下便作了
忏悔，劳伦斯神父随即嘱咐我
跪在您跟前请求宽恕：我请您
对我宽恕！从此后我总是听从您。

凯布莱忒　去请伯爵来；告诉他这件事情：
我要把这婚事改在明天早上缔结。

琚丽晔　我在劳伦斯庵房里遇到了伯爵；
我对他表示了我的适当的眷爱，
不超越彬彬贞淑、有礼的规范。

凯布莱忒　唔，我很高兴；这便好，站起来：
这样才合式。——让我见一下伯爵；
是的，凭玛丽，去人，我说，请他来。
在上帝跟前，这位可敬的神父，
我们整个城邦都对他很感激。

琚丽晔　奶妈，可同我一起到我房里去，
帮我挑选那些用得到的彩饰，

您觉得明天能对我好派用处？

凯布莱忒夫人 别急，要到礼拜四才用；还早呢。

凯布莱忒 奶妈，同她去：——我们明天上教堂。

［琚丽晔与奶妈下。

凯布莱忒夫人 我们的应用食品将供应不上，
此刻已经傍晚了。

凯布莱忒 得了，我来干，
一切都办好，我向你保证，老伴：
你去找琚丽晔，帮她打扮起来；
我今夜不歇了；让我来独自打点；
我来当这一回管家婆。——什么，喂呀！——
他们都出去了。好吧，我就亲自
去看巴列斯伯爵，要他准备好
明早上来迎亲：我心情无比轻快，
因为这任性的女儿经开导归了正。 ［同下。

第 三 景

［琚丽晔的卧室。］

［琚丽晔与乳母上。

琚丽晔 嗳，那几件衣衫最最好。可是，
好奶妈，请你今晚上离开我不要
陪伴我，我要作多次虔诚的祈祷，
请求上天对我的身世赐恩福，
宽恕我过去的罪孽，像你所知道的。

［凯布莱忒夫人上。

凯布莱忒夫人 怎么，你正在忙着吗，可要我帮你？

琚丽晔 不用，母亲；我们已经拣好了
明天对我用得到的一切东西；
所以请您由我一个人在这里，
让奶妈今晚上陪着您帮同料理。
因为我确知这回事情太急促，
您手头可真是忙不过来。

凯布莱忒夫人 晚安；
你早点睡吧，因你该早一点休息。

［凯布莱忒夫人与乳母下。

琚丽晔 再会！——上帝才知道，我们甚时候
能再见。我血脉里头有一阵寒颤，
差一点冻结了我这条生命的温暖；
我来要她们回到这里来安慰我：
奶妈！——要她回到这里来干什么？
这惨怛的情景我得独自来搬演。
来吧，药瓶。——
若是这药液不发生效力怎么办？
那么，我明天早晨便得结婚吗？
不会，不会，——这刀子会阻止那件事。——
你搁在那里吧。—— ［放下匕首。
假使这真是毒药，
神父阴险地使我吃了死，好使
他自己不致被这桩婚事所牵累，
因是他将我嫁给了萝密欧，那又

怎么办？我怕这果真是毒药；可是，
我认为，我又不该这么想，因为
眼见得他显然还是个圣洁的人。
但若是将我放进了坟墓，假使
萝密欧来把我拯救出来前，我先已
醒来，又将怎么办？那就真可怕了！
那时节，我不致在圹穴里边闷死吗，
外面新鲜的空气进不到里边，
我的萝密欧到来前我岂不要闷死？
或许，假使我不死，那岂不多半
很可能，死亡和黑夜中骇人的狂想，
加上那地方的恐怖，——在那墓窟里，
一所古老的尸窖，这几百年来，
塞满了我家埋葬了的祖宗骸骨：
那里，血粕模糊的铁鲍尔忒，
只新近才埋葬，在包扎的尸衾里溃烂；
那里，人家说，深夜时分鬼出现；——
嗳呀，苦哟，会不会我醒来太早了，
满是恶臭难闻的气味，还有那
像狼毒从土里拔出来时的嗥叫，
活的人一听到便会发疯；或者，
我若是醒来早，耳朵听到了岂不要
癫狂。四周围绕着这些恐怖？
跟我家祖先的骨殖玩儿打交道？
把剁烂的铁鲍尔忒的尸体从他
包扎尸首的殓衾里拉出来？在这阵

癫狂里，我岂不会把个先人的骨干
像一根棒柱，把自己的脑浆砸出来？
啊，瞧吧！我好像见表兄的鬼魂
抓住了萝密欧，因为他用剑刺穿了
他的胸膛；住手，铁鲍尔忒，
住手！萝密欧，我来了！我为你吃这药。

［倒在帷幕内床上。

第四景

［凯布莱忒家堂上。］

［凯布莱忒夫人与乳母上。

凯布莱忒夫人 奶妈，把这串钥匙接住，再取点
香料来。

乳　母 糕饼厨房里要枣子和榅桲。

［凯布莱忒上。

凯布莱忒 来啊，加劲，加劲，加劲！第二遍
鸡啼了，打更钟敲响了，已经三点钟：
好盎吉丽格，看看烤肉怎样了：
莫在钱上面俭省。

乳　母 去吧，您这位
男太太，去睡吧；当真，一夜不睡觉，
您明天可要病倒了。

凯布莱忒 一点也不会：
怎么！以前为了不要紧的事儿，

我也一夜不睡觉，从没病倒过。

凯布莱忒夫人 不错，你从前是只夜猫子，惯常去
偷情；可是我现在不让你去浪荡。

［凯布莱忒夫人与乳母下。

凯布莱忒 一只醋罐子，一只醋罐子！——

［三、四个仆人持炙叉、木柴及篮子上。

喂呀，
伙计，拿着些什么东西？

仆　甲 老爷
是拿给厨子的，我可不知道是什么。

凯布莱忒 赶快，赶快，［仆甲下］拿些干柴火，喂呀；
叫彼得，他会告诉你放在哪里。

仆　乙 老爷，我晓得哪里放得有干柴火，
不用为这样一件事去麻烦彼得。［下。

凯布莱忒 凭弥撒，说得对；吓，这油嘴的小杂种！
你还是个蠢东西。——当真，天亮了：
伯爵马上要带着乐工来迎亲，
他说要亲自来迎。［内乐声］
听见他走近了。——
奶妈！——老伴嗳！——喂呀！奶妈，我说啊！

［乳母重上。

去叫醒琚丽晔，去把她穿戴起来；
我去跟巴列斯说话，——赶快，抓紧点，
抓紧点；新郎已经来到了，赶快。
抓紧点，我说。［退下。

第 五 景

［琚丽晔的卧室；琚丽晔在床上。］

［乳母上。

乳　母　小姐！喂啊，小姐！琚丽晔！熟睡着，
我说她，喂呀，小羊儿！喂呀，姑娘！
嗨，你这懒丫头！喂呀，亲亲，
我说！小娘儿！心肝！新娘呀！什么，
一声也不响？随你要怎样便怎样；
睡一个礼拜去；到明天晚上；我保证，
巴列斯伯爵可不让你这么安睡了，
你可不能再这么安睡了，——主恕我，
凭玛丽，阿门，她睡得多么熟啊！
我定得叫醒她。——姑娘，姑娘，姑娘！
是啊，让伯爵自己来看你，在床上
把你惊醒起，当真。你说是不是？
怎么，穿好了衣服！穿上了又睡下！
我得叫醒你！姑娘！姑娘！姑娘！
哎呀，哎呀！救命！救命！姑娘
是死了！嗳呀，啊呀，要我的老命！
要一点烧酒来，嗨！老爷！太太！

［凯布莱忒夫人上。

凯布莱忒夫人　闹些什么？

乳　母　啊呀，真好伤心啊！

凯布莱忒夫人 什么事？

乳　母 　　　　瞧啊，瞧啊！要我的老命！

凯布莱忒夫人 嗳呀，嗳呀！我的孩儿啊，可怜我
只有这条命，醒过来，睁开眼，否则
我要跟你一起死。救命啊，救命！

［凯布莱忒上。

凯布莱忒 别丢人，快扶琚丽晔出来；她新郎
到来了。

乳　母 　　　　她死了，归天了；苦啊，这日子！

凯布莱忒夫人 天啊，她已经死了，她死了，她死了！

凯布莱忒 嘿！让我来瞧她。完了，嗳呀！
身上冰冷了；她脉息已停，关节
都硬了；嘴唇上没有了生意已很久。
死亡降到她身上像一阵早霜
打在这地上最娇艳的鲜嫩花朵上。

乳　母 嗳呀，好叫人伤心啊！

凯布莱忒夫人 　　　　　　　　　　啊呀，多悲惨！

凯布莱忒 死亡夺走她，本该使得我号哭，
结住了我舌头，我不能说话。

［劳伦斯神父与巴列斯及乐工等上。

劳伦斯神父 来啊，新娘可已预备好上教堂？

凯布莱忒 预备好上教堂，可是永不会再回来。
啊，贤婿！在你将结婚的隔夜里，
死亡跟你的妻子同眠了。你看，
她躺在那里，本来是朵花，给死亡
摧残掉。死亡如今是我的新婿

和后嗣：它娶了我的女儿，我现在
要死，将我的一切遗给它；生命，
财物，一切都归了死亡。

巴列斯 我难道
极盼要见的这早晨的欢颜，而竟
给我看这样的情景？

凯布莱忒夫人 被诅咒、悲惨
而凄怆、可恨的日子！时间在它那
漫长的进程中所能遇见的最惨酷的
时辰！只一个，可怜的一个，一个
可怜、心爱的孩儿，我唯一的喜爱
与慰藉，现在竟被残酷的死亡
夺去了！

乳　母 好苦啊！好苦、好苦、好苦的
日子啊！我这一辈子所曾、所曾
见到过，这是最最、最最悲伤、
最苦痛的日子！日子啊！日子啊！日子啊！
可恨的日子！从来没见过这样
漆黑的日子：嗳呀，痛死人的日子，
痛死人的日子！

巴列斯 被欺骗，拆散，伤害，打击，杀死！
最可恶的死亡，我被你所欺罔，被你，
残酷、残酷的你所完全摔倒！
爱妻啊！你的命！没有命，活活给杀死！

凯布莱忒 被鄙蔑，困顿，仇恨，逼害，杀死！
乖逆的恶时辰，如今你为了什么

来破坏、毁灭我们这庄严的盛礼？
儿啊！儿啊！是我的灵魂，不是我
孩儿！你死了！嗳呀！我孩儿已死了；
我一生的欢乐跟孩儿一同被葬送！

劳伦斯神父 静下来，喂呀，太丢人！哓咆和喧闹
救不了喧闹和哓咆。上天和你们
各有这个好姑娘一部分；如今
她归了上天所独有，这对她来说
却很好：你们的那部分不能叫它
免于死，但上天保存了全部使永生。
你们所祈求最高的是她的高升；
因你们希冀她能上升到天堂；
如今你们见她升迁上清霄，一直
登上了昊天，为何却哀哀哭泣？
啊，你们对这孩儿爱得太糟糕，
眼见她飞升倒反悲伤得发了疯；
婚姻长久，并不一定美满；
结婚而早死倒可能是良缘。
揩干你们的眼泪，且把迷迭香
散在她秀美的尸身上；然后按习俗，
让她穿上最好的衣衫，扛抬
进教堂：因为虽然痴愚的天性
使我们都伤心，但天性的眼泪
却被理智所嘲笑。

凯布莱忒 我们准备好
的一切本来为祝贺嘉庆，如今都

改变成为这悲惨的葬礼所用；
我们的管弦变成了忧郁的丧钟，
贺喜的欢宴变作凄怆的殡餔，
庄严的婚歌变作低沉的挽曲，
新娘的花束要放在尸身上作吊献，
一切都变得跟它的本来正相反。

劳伦斯神父 先生，请进里边去；——夫人，也请进；——
巴列斯伯爵，您也去；——大家都准备
送这具美丽的尸身去进墓穴；
上天对你们的罪孽已经发怒，
不要再违犯神心，招更大的灾祸。

［凯布莱忒、凯布莱忒夫人、巴列斯与神父下。

乐工甲 当真，我们好收起箫管走吧。

乳　母 各位好兄弟，啊，收起吧，收起吧；
要知道，这真是一场悲惨的灾祸。

乐工甲 嗳呀，当真，但愿这祸事能挽回。

［彼得上。

彼　得 乐工弟兄们，啊，弟兄们，奏起“心中的欢乐，心中的欢乐”，啊，要是你们想叫我活下去，请奏一曲“心中的欢乐”吧。

乐工甲 为什么要奏“心中的欢乐”？

彼　得 啊，乐工弟兄们，因为我的心兀自在那里唱着“我心中很悲苦”；啊，替我奏一支快乐的调儿，安慰我一下。

乐工甲 我们不奏什么调儿；现在不是奏乐的时候。

彼　得 那么，你们不奏吗？

乐工甲 不奏。

彼　得　　那么，我要好好给你们——

乐工甲　　你要给我们什么？

彼　得　　不是钱，当真，是一顿骂；我骂你们是，一伙卖唱的。

乐工甲　　那我可就骂你是个奴才。

彼　得　　那我就把奴才的腰刀压在你们脑袋上。我不会含糊，不用 re 音，便用 fa 音；你们听到吗？

乐工甲　　你若奏什么 re 音 fa 音，你听着我们。

乐工乙　　请你放下腰刀，且来斗智。

彼　得　　那么，给你们尝尝我这智！我要用铁智来干打你们，且收起我这柄铁腰刀。有能耐的回答我这提问：

“悲哀扼紧心儿时，
苦痛的调儿绞肝肠，
音乐的银声慰哀思”——

为什么说“银声”？为什么说“音乐的银声”？——西门·开忒林，你怎么说？

乐工甲　　凭玛丽，老兄，因为银子的声音好听。

彼　得　　漂亮！许·莱贝克，你怎么说？

乐工乙　　我说“银声”，因为乐工们为银子奏乐。

彼　得　　也漂亮！——詹姆斯·桑特朴斯忒，你怎么说？

乐工丙　　当真，我不知道说什么。

彼　得　　啊，请原谅；你只是个歌手；我来替你说吧。这是“音乐的银声”，因为乐工们奏乐拿不到金子。

“音乐的银声慰哀思，
解开了郁结心头畅。”　　[下。

乐工甲　　好一个油嘴滑舌的坏家伙！

乐工乙　　吃打的奴才，家伙！——来，我们且里边去；等吊丧的回来，吃了饭走。　　[同下。

第五幕

第一景

［孟都亚。一街道。］

［萝密欧上。

萝密欧 若是能相信睡眠中可喜的景象，
我的梦便预示欢乐的消息将来临；
我觉得心君轻盈地坐在它宝座上；
这整整一天有个不常见的神灵
用欣喜的神思从地上提举我起来。
我梦见我的新娘来，见到我已死——
奇怪的梦儿，竟有人死了能思想！——
用许多亲吻把生命吹进我嘴唇，
我当即清醒，并成为一位君王。
了不起！爱情本身是多么甜蜜，
仅仅它的影子已这样富于欢乐。

［鲍尔萨什上。

来自樊洛那的消息！——鲍尔萨什，
怎么说？你从神父处带信来吗？
我妻子怎么样？我的父亲好吗？

我的琚丽晔怎样啊？我再问一声；
因为若是她很好，就什么都好了。

鲍尔萨什 那么，她很好，也就什么都很好；
她身体长眠在凯布莱忒坟墓里，
她那不灭的灵魂和天使们在一起。
我见她偃卧在她亲属的墓穴里，
所以马上骑驿马来向您捎信：
啊，原谅我带给您这个坏消息，
只因您原来吩咐我这样办，少君。

萝密欧 就是这样吗？那么，诅咒你们，
恶星宿！你知道我住在哪里；替我
买下点纸笔，雇上两匹驿马，
我今夜要离开这里。

鲍尔萨什 少君，请您
耐心些：您神色苍白慌乱，像是有
什么不幸要到来。

萝密欧 啪啪，你错了，
去吧，就去做我关照你的事。
可没带给我神父交给你的信吗？

鲍尔萨什 没有，好少君。

萝密欧 不要紧：你去吧，雇好了
马匹；我就会来找你。 [鲍尔萨什下。
好的，琚丽晔，
今晚上我要在你身旁歇。我来想办法：
啊，祸患，你钻进一个绝望人
心里去多么飞快！我这下想起了

一个卖药人，——他就在这附近居住，——
前些时我见他穿着破烂，皱着眉，
在拣草药；他相貌十分消瘦，
穷苦把他煎熬得形销骨立，
在他那潦倒的铺子里挂一只乌龟，
一条剥制好的鳄鱼，还有其他
形状怪异的鱼皮；在他那架子上，
七零八落散搁着几只空匣子，
绿色的瓦罐、尿水泡、发霉的种子，
残存的打包绳索和结块的陈年
玫瑰花干，疏朗朗摆在那里。
瞧见那穷惨的景象，我对自己说：
“假使有个人眼下需要有毒药
卖给他，但在孟都亚卖毒药要处死，
这里就有个鄙贱的家伙能出卖。”
啊，我怀着这想法正符合我需要；
这个穷极无聊的汉子会供应。
我记得，这该就是他的住处所在。
正逢到节日，这花子的铺门关着。
喂呀，卖药的朋友！

［卖药人上。

卖药人 谁在叫唤？

萝密欧 这里来，朋友。我知道你很潦倒；
接着，这里有四十枚特格：给我点
毒药，要药性快的，能迅速散播到
全身血脉里，使那厌世的服毒人

能立刻快速死掉，呼吸全停止，
好像炮膛里射出火药来，致命得
同样猛烈和飞快。

卖药人 这样的毒药
我倒备得有；只是孟都亚的法律
严禁卖药人出卖，否则要处死。

萝密欧 难道你这样穷惨极苦还怕死？
你脸上满都是菜色，穷困和苦难
在你眼睛里暴露出饥饿来，耻辱
和赤贫压在你背上；这世界对你
不友好，法律对你也无情；这世界
没制定一条法律能使你富有；
所以，莫穷苦，破坏它，收下这笔钱。

卖药人 我的穷困同意您，但违反我意愿。

萝密欧 我的钱给你的穷困，不给你的意愿。

卖药人 我这服药末放在任何饮料里
喝下去；即使有二十个人的体力，
它也会马上结果你。

萝密欧 这里是你的金特格，坑害人灵魂
比毒药还厉害，在这可恶的世上
杀的人比这不许你出卖的毒药
还要多。是我卖与了毒药给你，
你却没有卖毒药给我。再会了：
买些食品来，好叫你身上长点肉。
来吧，你是甘露酒，并不是毒药，
同我去到琚丽晔坟墓里头去；

因为在那里我得用到你去见她。　　[同下。

第 二 景

［托钵僧劳伦斯的庵房。］

［托钵僧约翰上。

约翰神父　法朗昔斯宗的神僧！大师兄！

［托钵僧劳伦斯上。

劳伦斯神父　这该是约翰师弟的声音。欢迎你
打从孟都亚回来：萝密欧怎么说？
要是他有话写明，把信交给我。

约翰神父　正要去找一位赤脚的同宗师兄弟
去伴我成行，他恰在这城里看望
病人，我找到了他，不料给查街人
碰到，他们疑心我们俩曾同在
一家染上了瘟疫的人家待过，
当即把我们闭锁在户阈里不让
出门；故而我去到孟都亚被耽误。

劳伦斯神父　那么，谁把我的信捎给了萝密欧？

约翰神父　我送不出去，——这里我带了回来，——
也不能找到个送信人送还给你，
他们对于传染病害怕到这田地。

劳伦斯神父　这真是不幸！凭我这教宗，这封信
非同等闲，送不出有重大的罣碍，
会造成祸患。约翰师弟，去替我

找一根铁棍，就带进这庵房里来。

约翰神父 师兄，我就去找来交与你使用。［下。

劳伦斯神父 此刻我就得独自到坟墓里去了；
在这三个钟点里琚丽晔会醒来；
她一定会为了萝密欧不知这种种
经过，而怪我未曾去让他知道；
但我一定要再写信去到孟都亚，
留她在我庵房里，等萝密欧到来。
可怜的活尸身，关闭在死人坟墓里！［下。

第 三 景

［凯布莱忒家坟墓所在的墓园。］

［巴列斯上，后随一僮儿执火炬与花束。

巴列斯 孩子，把你那火把给我；你走开，
站到远处去：——把火把弄熄，我不要
给人能瞧见。在那排紫杉树下边
你躺倒下来，将耳朵贴着空地上；
若是有脚步踩在这墓园里边，
这里到处挖墓，土质松动，
你马上可以听见，就唿哨一声，
作为你听见有人前来的信号。
把花束给我。照我的吩咐去做，
去吧。

僮　儿 ［旁白］我简直害怕独自站立在

这墓园里头；可是且冒险试试。［退后。

巴列斯 我用鲜花来撒布你的新床。

惨啊！尘土和石块作华盖，

我每夜用甘泉来对你淋洒，

没有它，便用眼泪和呜咽，

我对你所要做的哀悼礼节，

是每夜来对你散花和哀泣。

［僮儿呶哨。

这孩子发出信号来，说有人来了。

哪一个该诅咒的歹人今夜到此来，

打扰我对我恋人的葬礼和哀悼？

什么，还打着火把！——隐蔽我，暗夜。［后退。

［萝密欧与鲍尔萨什持火炬与锄锹等上。

萝密欧 给我那把鹤嘴锄和那柄旋钳。

且慢，接下了这封信；明天一早起

递给我父亲收下。将火把给我。

我凭这条命，关照你不论听到

或见到什么东西，别多管闲事，

我做什么事都不要来从中打扰。

我为什么要下到这死亡的窖里，

一部分因由是要看我妻的遗容；

但主要是从她手指上取下一枚

珍宝的指环，卸下来作别的用途：

所以，走开去，到旁处，你若是好奇，

走回头想来偷看我要做什么事，

我对天发誓，我将把你的手脚

四肢撕裂了节骨一块块丢得
满个空墓园都是；这时节，告诉你，
我这心情狂暴得骇人，比饿虎
或咆哮的大海还要威猛、不听劝。

鲍尔萨什 少君，我走开便了，不来打扰您。

萝密欧 这才显得你对我友好。接了这；
祝福你前途幸运：再会吧，好人儿。

鲍尔萨什 ［旁白］不管他怎么说，我在近旁且躲着，
他这副相貌我怕，他要干什么
我怀疑。 ［退避。

萝密欧 你这可恶的血盆大口，孕育着
死亡，吞噬了人间最可爱的人，
我要擘开你无比臭烂的嘴吻， ［掘开墓门。
塞你个畅饱！

巴列斯 这就是那个被流放的芒太驹豪强，
正是他杀害了我恋人的表兄，听说
因悲伤过度，美人儿便一命身亡；
他如今乃是闯进来亵渎和毁损
这些个尸体；待我来将他擒拿。 ［上前。
卑鄙的芒太驹，停止你那亵渎的勾当！
难道人死了，你追求报复还不休？
已给判了刑的恶汉，我来抓住你；
服从我，跟我一起去，你一定得死。

萝密欧 我果真得死；所以我来到这里。
系出名门的好青年，别激怒一个
亡命之徒；快逃走，离了我别处去；

想想这些死了的，你也该被吓走。
年轻人，请你莫使我再犯上一次
罪辜，激得我发暴怒：啊，快避开！
我对天发誓，我爱你过于爱自己，
因为我武装着来到这里只是为
与自己作对：不要待下来，走开，
去活着，以后你就能对人说，有个
疯子对你舍慈悲，叫你逃避开。

巴列斯　我鄙视你这些胡说八道，要把你
作为一个恶汉而加以逮捕。

萝密欧　你硬要向我挑衅吗？吃我这一剑！　［两人斗剑。

僮　儿　嗳呀，主啊，他们格斗了！我去叫守卫的巡丁。
［下。

巴列斯　啊唉，我被杀死了！［倒地。］你若是仁慈，
打开了坟墓，放我和琚丽晔一起。　［死去。

萝密欧　当真，我照办。——我来瞧瞧他的脸：
茂科休的亲属，贵胄巴列斯伯爵！
我的那亲随，骑着马跟我同来时，
说了些什么话？我当时心烦意乱，
没有听清楚。我仿佛听他告诉我，
巴列斯许该娶琚丽晔为妻，他不是
这样说的吗？还是我魂梦迷离里
这么想，或者听他说起琚丽晔，
我疯了，胡乱想有那样的事情？——
啊，把手伸给我，你和我都有
名字在厄运那本书里！我要把你

埋葬在一个宏伟的坟墓里头；——
一个坟墓？嗳呀，不是！是一座
小穹隆，被杀死的青年，因为琚丽晔
睡在这里头，她的艳色使这座
大穹隆变成个光华灿烂的奇观
所在。尸身，躺着吧，另一个死人
把你在这里下葬。——［将巴列斯拽入墓中。］
　　　　　　　　　人们临死时
往往会心中欢乐！他们的守护人
把这个叫作临死前的回光返照，
啊，我怎么能叫这是我的一阵
回光返照？嗳呀，我的爱！我的妻！
死亡，它已经吸掉你呼息的蜜，
可对你的美貌一点都无能为力：
你没有被征服，美丽的芳帜还在你
口唇上、面颊间显示它们的殷红，
而死亡的白旗并未在那里张展。
铁鲍尔忒，你穿着你那件满是
血污的尸衾躺着吗？啊，我除了
就用那把你的青春一刀两段
葬送的这只手，也去葬送你的仇人外，
还能做些什么来向你表好感？
原谅我，兄弟！啊，亲爱的琚丽晔，
为什么你还这般美丽？我是否
要相信，虚无的死亡对你生情恋，
那枯骨髐髐、骇人的魔怪把你

隐秘在这里阴暗中，做他的情妇？
为怕有那样的事，我永远跟你
在一起，永不离开这暗夜的宫殿；
我要在这里守着你，跟你的婢女们、
蛆虫在一起；啊，我要在这里
得到永久的安息，把凶险的星辰
加在我这厌倦了人世的身上的重轭
抖掉。眼睛啊，瞧你们最后的一顾！
手臂啊，作你们最后的拥抱！嘴唇啊，
呼吸的门户，用一个正当的亲吻，
跟囊括一切的死亡订立一个
永恒的契约！来啊，苦痛的向导，
来啊，可憎的引导人！绝望的舵工，
把你那历尽风涛的、疲困的小舟，
冲上这巉岩乱石吧！我对我的爱，
干上这一杯！［饮药。］啊，诚信的卖药人！
你的药真灵。来这一个吻，我死。［死去。

［托钵僧劳伦斯自墓园另一方上，持提灯与锄、锹。

劳伦斯神父 圣方济保佑我！我这双老脚今晚上
在坟窠里头颠踬了多少次！——那是谁？

鲍尔萨什 这里是您的一个朋友，跟您很相熟。

劳伦斯神父 祝福你！告诉我，好朋友，那边是什么
火把，空照着蛆虫和没眼睛的骷髅？
据我看来，乃是在凯布莱忒家坟墓里
照亮着。

鲍尔萨什 正是，神父；我主人在那里，

您是爱他的。

劳伦斯神父 他是谁？

鲍尔萨什 萝密欧。

劳伦斯神父 他在

那里多久了？

鲍尔萨什 整整半点钟。

劳伦斯神父 同我

一起到墓里去。

鲍尔萨什 我不敢，神父。我主人

不知道我还没有离开这里呢；

他威吓，说我若待着瞧他的行止，

他要把我杀死。

劳伦斯神父 那么，你待着；

我一个人去。——恐惧照临到我心里；

嗳呀，我生怕有什么不幸的祸事。

鲍尔萨什 当我睡在这紫杉树下面时，我梦见

我主人跟人家格斗，我主人杀了他。

劳伦斯神父 萝密欧！［上前。］嗳呀，嗳呀，这是什么血，

染上了这座坟墓的石门上边来？

这两柄无主的血淋淋佩剑，为何

染满着血污掉在这安静的所在？［入墓中。

萝密欧！啊，这么样惨白！——还有谁？

什么，还有巴列斯？浸在血泊中？

啊，多么惨酷的时辰，酿成了

这样可悲的意外！——那姑娘在动了。

［琚丽晔醒来。

琚丽晔 啊，多么安慰人心的神父啊！
我夫君在哪里？——我很记得起我该在
那里，我正在那里——我的萝密欧
在哪里？ ［内有声。

劳伦斯神父 我听到里边有声音。——姑娘，
快从这死亡、毒气和昏睡的窠巢里
逃生出去吧：我们所不能抗拒的
一股力量摧折了我们的意图。
来啊，去来，你丈夫在你的怀中
死去；巴列斯也死了。来吧，我来
安排你出家去做尼姑；别待着追问我，
巡丁要来了；去来，好琚丽晔。 ［内又作声。
我不敢
再待下去了。

琚丽晔 去吧，你离开这里，我可不要走。——
这是什么？是一只杯子，捏在我
至情人手里？毒药，我看来，做了他
永恒的结束：——啊，刻啬人！喝光了，
不剩下一滴友好的余沥来帮我
跟你去？——我要吻你的嘴唇；也许
那上面还留得有点余毒，好给我
当作兴奋剂服下而死去。［吻他。］你嘴唇
还是暖和的。

巡丁甲 ［在内。］孩子，领路；往哪走？

琚丽晔 是啊，有声音？那么，我就得赶快。——
嗳呀，可喜的腰刀！［将萝密欧的匕首抓起。

这是你的刀鞘；［自刺］
待在那里，让我死。［倒在萝密欧身上，死去。］

［巡丁三人与巴列斯的僮儿上。

僮　儿　就在这地方；那里，火把还亮着。

巡丁甲　地上都是血；搜索这墓园，去吧，
你们两个，见到什么人就抓。——［巡丁两人下。
可怜的景象！被杀死的伯爵躺着；
琚丽晔流着血，身上还温暖像刚死，
虽然她在这里死了已经有两天。——
去，向亲王禀报：——也向芒太驹、
凯布莱忒两家人通报：——余下的，
再搜搜：——［其他巡丁下。
我们看到了这些惨事
发生在这地方；可是这许多惨事
发生的真正因由，我们不知道
情况，也无法明了。

［巡丁数人与鲍尔萨什重上。

巡丁乙　这是萝密欧的亲随；我们在墓园里
找到他。

巡丁甲　把他拘留着，等亲王到来。

［托钵僧劳伦斯与若干巡丁重上。

巡丁丙　这里有一个僧人，在发抖、叹息
和哭泣；当他在墓园里这边来时，
我们从他手上拿到这鹤嘴锄
和旋钳。

巡丁甲　有重大的嫌疑，把僧人也留下。

[亲王与侍从上。

亲　王　是什么灾祸这么大清早就发生，
要将我亲自从凌晨休眠中叫来？

[凯布莱忒、凯布莱忒夫人及随从上。

凯布莱忒　发生了什么事，人们在街头叫喊？

凯布莱忒夫人　人们在街上有的叫喊“萝密欧”，
有的叫“琚丽晔”，有的叫“巴列斯”，都奔跑
呼喊着，赶往我们的茔墓所在。

亲　王　我们听到的这惊扰是怎么一回事？

巡丁甲　王爷，巴列斯伯爵被杀死在这里；
萝密欧是死了；琚丽晔是新近死的，
身上还暖和。

亲　王　搜寻，查找，探出这凶杀的祸事
是怎样肇成的。

巡丁甲　逮到了一个僧人，
还有个被害的萝密欧的仆人，他们
都拿着工具，能打开葬死人的坟墓。

凯布莱忒　天啊！嗳呀，贤内，你瞧，我们
女儿还正在流着血！这把腰刀
刺错了，你瞧，它那刀鞘掉落在
芒太驹那小子背上，——它错刺进了
我女儿胸中！

凯布莱忒夫人　苦啊！这惨死的景象
像在敲丧钟，送我的老年进坟墓。

[芒太驹与从人上。

亲　王　来吧，芒太驹；你起身固然很早，

可你来瞧你的子嗣倒下得更早。

芒太驹　嗳呀，殿下，我妻子这夤夜刚死掉；
伤心她儿子被流放送了她的命；
还有甚悲伤来跟我的穷年作对？

亲　王　瞧吧，你自会见到。

芒太驹　嗳呀，你这笨孩儿！这是甚礼貌，
抢在你父亲前面先进了坟墓？

亲　王　暂时且止住你们对这场大祸
所发出的号咷，等我们澄清疑问，
知道了它们的因由、开端和真相；
然后我将带领着你们来哀悼，
甚至赴死也不辞；同时，要暂且
克制着，让忍耐来主宰这场祸患。
现在把嫌疑犯带上前来讯问。

劳伦斯神父　在这场可怕的凶杀中，我干连最大，
最无能为力，而嫌疑最重，时间
和地点都可作不利于我的证人；
我站在这里，既告发自己犯下了
罪责，也证明我无罪，能得到宽恕。

亲　王　那么，快把你所知道的来陈明。

劳伦斯神父　我说话不多，在我声息的顷刻间，
不可能申述一个冗长的故事。
萝密欧，在那边死的，娶了琚丽晔；
她死在那边，嫁作萝密欧的妻子；
是我主持了婚礼；他们私婚日
正是铁鲍尔忒的死期，他的死

使新婚的郎君从本城遭到流放；
为了他，不是为铁鲍尔忒，她哀泣。
您为了消除悲哀对她的围攻，
将她匹配了、且要强嫁给巴列斯
伯爵：她就找到我这里来，神情
狂痫，央求我设法使她免除掉
第二遭成婚，去嫁给巴列斯伯爵，
我若不允，她在我庵房里要自杀。
我便给了她，凭我修炼的巧艺，
一帖沉睡的灵药，那药起作用，
正如我所着意的，因为它使她
好像已死亡；我同时写信给萝密欧，
要他到这里来，在这可怕的深夜，
帮同带她离开这借用的坟墓，
那时这药剂的效应正好完结。
可是送我信的约翰神父不幸
被意外故障所稽迟，他昨夜将信件
退还给了我。这下子，我只好独自
一人，在预定她将醒来的时刻，
来将她领出她祖宗坟墓的穹隆。
我本想秘密留藏她在我庵房内，
待我能安然写信通知萝密欧；
但当我到来时，在她苏醒回来前
不久，在这里躺着的巴列斯伯爵
以及真心的萝密欧，都已经死去。
她苏醒回来；我央求她离开墓穴，

耐心忍受这无可奈何的天命，
但一声异响从墓中使得我发怔；
她由于没命的绝望，不肯随同我
离墓穴，看来是对自己施了毒手。
这一切，我知道；对她的成婚，她奶妈
参与那秘密；假使在这经过中，
有什么因我的过误造成的大错，
让我这老命在天年到来前牺牲掉，
根据最严格的法律加以制裁。

亲　王　　我们素来知道你是个圣尊者。
萝密欧的随从在哪里？你能说什么？

鲍尔萨什　　我带给我主人琚丽晔死亡的音讯；
他当即离了孟都亚，慌忙赶来，
到这所在，这个坟墓里头来。
这信件他叫我趁早递给他父亲，
我若不离开，不留他独自一人，
恐吓我要将我杀死，进这个墓坑。

亲　王　　把这信递给我；我将拆看这信缄。——
伯爵的僮儿在哪里，他叫起了巡丁？——
喂呀，你主人来到这里做什么？

僮　儿　　他带了花束来，撒布在他新娘坟上；
他吩咐叫我站远点，我便奉命；
马上有人提了灯，来打开这坟墓；
过了一会，我主人便拔剑跟他斗。
我当即走开去，呼叫巡丁来保安。

亲　王　　这书信证明这托钵僧人说的话，

他们恋爱的经过，以及她的死讯；
他在这信里说他向一个贫苦
卖药人买一服毒药，带了这毒剂
他到这墓穴里来自尽，陪同琚丽晔
一起死。这些冤家在哪里？凯布莱忒！
芒太驹！瞧啊，多大的灾祸降落在
你们的仇恨上头，上天假手于
爱情，惩创了你们双方的欢爱。
而我则为了太宽容，默许你们
两家的仇恨，失去了一对亲戚：
这就大家都受了天谴。

凯布莱忒 嗳呀，
芒太驹大哥，将你的手给我：
这便是你给我女儿的一份遗产，
因为除此以外，我不能多要求
什么。

芒太驹 可是我要给你的更多：
因为我要用纯金塑铸她的像；
只要樊洛那这名城以此知名，
哪一尊塑像也不会这般贵重，
比得上你这位爱女，清贞的琚丽晔。

凯布莱忒 萝密欧的身像将同他妻子一样；
他们是我们两家世仇的牺牲！

亲　王 今天这清晨带来愁眉的和好：
太阳因悲伤，将不露它的容光；
去吧，去多多讲这些悲惨的音耗；

有人将得到赦免，有人被惩创；
因为从没有恁故事这么样令人愁，
像这下讲起琚丽晔和她的萝密欧。 [同下。

译于一九七六年一至四月间

• 威尼斯商人 •

［英］莎士比亚　著

William Shakespeare

THE MERCHANT OF VENICE

本书根据 W. G. Clark and W. A. Wright 剑桥本译出

威尼斯商人

剧中人物

威尼斯公爵

摩洛哥亲王
阿拉贡亲王 } 宝喜霞的求婚者

安东尼奥　威尼斯商人

跋萨尼奥　安东尼奥的朋友，也是宝喜霞的求婚者

萨拉尼奥
萨拉里诺
葛拉希阿诺
萨勒里奥 } 安东尼奥与跋萨尼奥的朋友

洛良佐　絮雪格的恋人

夏洛克　犹太富翁

屠勃尔　犹太人，夏洛克的朋友

朗斯洛忒·高卜　小丑，夏洛克的仆人

老高卜　朗斯洛忒的父亲

里奥哪铎　跋萨尼奥的仆人

鲍尔萨什
斯丹法诺 } 宝喜霞的仆人

宝喜霞　富家嗣女

纳丽莎　宝喜霞的陪娘

絮雪格　夏洛克的女儿

威尼斯众显贵、法院官吏、狱卒、宝喜霞的仆从及其他随从

剧景：一部分在威尼斯*；一部分在大陆上的贝尔蒙，宝喜霞的邸宅所在地

注 释

* 威尼斯（Venice），意大利原名威内齐亚（Venezia），是建在地中海内的亚得里亚海（Adriatic Sea）上或威尼斯湾（Gulf of Venice）内的海港城市，全境有一百十七个大小岛屿。城市的交通干道是一条大运河，佐以许许多多的大小水道，彼此间的来往靠大小船只。中世纪和文艺复兴时期这个城邦是个大公国，它的首脑是一位公爵。英国十九世纪大诗人阜孳活斯（W. Wordsworth）有一首悼惜威尼斯共和国于一八〇二年消亡的商乃诗（十四行诗），写得很好。

第 一 幕

第 一 景

［威尼斯。一街道。］

［安东尼奥、萨拉里诺与萨拉尼奥上。

安东尼奥 当真，我不懂为什么我这样忧郁：
我为此厌烦；你们说，也觉得厌烦；
我可怎么会沾上它，怎么会碰到它，
这忧郁是因何而形成，怎么会产生，
我却不知道；
忧郁将我变成了这样个呆子，
简直叫我自己也莫名其妙。

萨拉里诺 您的心当是在大海洋上翻腾；
那儿，您那些张着巨帆的海船，
如同洪波大浪上的显要和豪商，
或者像海上的华彩物景展览台，
高高俯瞰着一些轻捷的小商舸，
当它们张开编织的翅膀飞过时，
众小艇对它们弯腰屈膝齐致敬。

萨拉尼奥 相信我，仁君，若有这买卖风险

在外洋，我定必要用多半的心思
牵挂着它。我也兀自会总要
去摘取草标，探测风吹的方向，
找寻地图上的港口、埠头、碇泊所；
凡是能叫我担心我所冒风险
会遭到灾难的每件事情，这疑虑
都使我忧郁。

萨拉里诺 我吹凉肉汤的呼气
会引起我一阵寒颤，当我想到了
海上太大的一阵风会肇多大祸。
当我一见到计时的沙漏在漏沙，
我马上想到的乃是浅滩和沙洲，
把它的桅尖埋得比龙肋还要低，
去吻它的葬地。我若去到礼拜堂，
望见那神圣而巍峨的石砌大厦，
哪有不马上想到磊磊的礁石
只一碰我那轻盈的大船船舷，
就会把一舱的香料都倒在浪里，
使咆哮的海涛穿上我的丝绸匹头，
而且，一句话，这会儿值得如许多，
那会儿不值一个钱？我怎能想起
这么一件事，而竟然不去想到
假如这样的事发生，我一定得忧郁？
不用跟我说；我知道，安东尼奥
乃是为担心他的货运而发愁。

安东尼奥 相信我，不是的；我要感谢我的命运，

我所担的风险不寄托在一艘船上，
也不靠一处地方，我全部的经营
也不托赖着目今这一年的运会，
所以我装船的货品不使我忧郁。

萨拉里诺 对了，那您是在恋爱。

安东尼奥 呸，开玩笑！

萨拉里诺 也不在恋爱？那么，我们说您忧郁，
因为您不是在欢乐：那就很容易，
当见您又笑又跳时，就说您欢乐，
因为您不忧郁。我凭两面神耶纳斯[①]
起个誓，天公创造人造得好奇怪：
有些个却总是满脸的酸醋味儿，
从不会露出牙齿笑那么一下，
即使奈斯托[②]打赌那笑话很好笑。

［跋萨尼奥、洛良佐与葛拉希阿诺上。

萨拉尼奥 您的最尊贵的亲戚跋萨尼奥，
和洛良佐、葛拉希阿诺来了。再见：
我们告别了，让位给更好的友伴。

萨拉里诺 若不是您两位高贵的朋友来了，
我准会待下来，直到逗得您欢笑。

安东尼奥 二位高华的品德我十分尊视。
我意想你们自己有事情要干，
故而借这个机会辞别了离开。

萨拉里诺 祝各位早安。

跋萨尼奥 两位仁兄，何时能相叙共谈笑？
你们显得生疏了：一定得如此吗？

萨拉里诺　您何时有空，我们随时好奉陪。

［萨拉里诺与萨拉尼奥下。

洛良佐　跋萨尼奥公子，您见了安东尼奥，
我们两人就告别：但午饭时分，
请您要记得我们在哪里相会。

跋萨尼奥　我准时不失约。

葛拉希阿诺　您神色不太好，安东尼奥大兄长；
您把世事看待得太过认真了：
太花了心思作代价，反倒会失着：
请信我这话，您远非前一晌可比。

安东尼奥　我把这世界当世界，葛拉希阿诺；
当作每人要演个角色的舞台，
我演的是个悲苦角。

葛拉希阿诺　　　　　　我来演丑角。
让皱纹跟欢乐和哗笑一起来到，
而且宁愿我的肝用酒来温热，
别叫我的心给痛苦的悲吟吹冷。
为什么一个人，他的血液是暖的，
要像他祖父的雪花石膏像，骇坐着？
醒来时还在睡，无端地乖张生气，
害一场黄疸病？告诉您，安东尼奥——
我对您友爱，爱上您所以这么说——
这世上有一类人儿，他们的脸色，
像死水池塘，萍藻掩盖着天光，
操持一片执意要沉默的冷气，
目的无非是要人家认为他为人

多智慧，神态端庄，和思想深宏，
他仿佛在说："我是在宣读神谕；
我开口说话时，不许有狗儿嗥叫！"
老兄啊，安东尼奥，我知道这些人
只是因此上有了智慧的名声，
由于不开腔，可是我却很明白，
假使他们要说话，会叫人两耳
受罪罚，听到的就会骂他们傻瓜，
我下回再跟您来谈这件事儿：
可是别用愁闷这钓饵来垂钓了，
去钓取那无聊得很的虚名俗誉。
来吧，洛良佐老兄。小别一下子：
午饭过后，我再来结束这劝告。

洛良佐 好吧，我们跟你们小别到吃饭时：
我准是一个他说的紧口聪明人，
因为葛拉希阿诺从不让我讲。

葛拉希阿诺 得，跟我在一起再过上两年啊，
管保你认不出你自个儿的口音。

安东尼奥 祝安好：我要学会多讲点话儿咧。

葛拉希阿诺 多谢，当真，为的是沉默只适于
干的牛门腔、嫁不掉的老处女。

［葛拉希阿诺与洛良佐下。

安东尼奥 这一车话儿可有些什么？

跋萨尼奥 葛拉希阿诺比整个威尼斯城里不论谁都更扯得一大车废话。他的理数好像是两箩筐秕糠里藏着的两颗麦粒：你找了一整天才找到它们，找到后你觉得不值得找。

安东尼奥 好吧，告诉我谁是那一位闺秀？
你立誓要去向她作秘密的参拜，
你曾答允今天会要告诉我。

跋萨尼奥 安东尼奥，你不是未有所闻知，
只因我为了维持虚有的外表，
而我的资源太微薄，不胜挥霍，
我已经多么伤残了我的财货：
如今我倒也并不为境况清寒
而叹息伤感；但是我主要的烦恼
乃是在设法解除我肩头的重债，
由于我过去浪费太多而深深
陷入了这困境。对于你，安东尼奥，
我亏欠太大，友爱和金钱同样多，
而为了你爱我，我就作为是许可，
把我怎样定下了计划和目的，
去清除债务，全部来向你诉说。

安东尼奥 好跋萨尼奥，要请你让我晓得；
倘使能符合光荣和正道，如同
你现在仍然是这样，你尽可安心，
我的钱囊和身家，竭尽我的一切，
都毫无保留地供你驱遣使用。

跋萨尼奥 在我的求学年间，射失了一支箭，
我便发射另一支同样的羽镞，
向着同一个方向，注视得较真切，
去寻找先前的那支，冒险了两支，
我终于都找到；我举这童年事例，

只因我接着说的也天真而幼稚。
我对你负欠太多，但年轻而任性，
欠你的我已经失掉；可是假如你
乐意向同一方向再发一支箭，
去追踪那初次的发射，我敢确信，
我看得真切，两支箭会一同找到，
或至少要把你两次的冒险收回，
而感念你初次的恩情，再图奉璧。

安东尼奥　你熟知我的情意，如今只空费
时间，迂回曲折地试探我的爱；
你心存疑虑，不信我会竭尽了
全力来解脱你的困厄，这就比
耗尽我全部的所有，还更加见外：
故而，只要告诉我，我该怎么办，
你认为我可以对你有所帮助，
那就一准来做到：所以，你说啊。

跋萨尼奥　贝尔蒙城里有一位丰殷的孤女，
她姿容绝妙，而尤其卓越难得的
是她那芳华的美德：我从她眼里
曾受到秋水流波的含情顾盼：
她名叫宝喜霞，比古时坎托[③]之女，
勃鲁德[④]的贤妻宝喜霞寥无逊色：
这广大的世界耳闻她的贤良美妙，
但见四方的好风从各处海滨
吹来了声名籍籍的求婚佳客。
从她两鬓垂下来的华发则宛如

神话里的金羊毛，⑤ 使她的贝尔蒙成了
科尔契王邦，有许多鉴逊来探访。
啊，我的好安东尼奥，只要我
囊橐充盈，能够跟他们相匹敌，
我心头有预见，指望得好运来临，
准能完成我那如花的美梦。

安东尼奥 你知道我全部资产都在海上；
我既无现金，又没有货贿去筹措
一大笔款项：故而且到市上去；
试我的信用能在威尼斯怎么样：
要竭尽我的信用的能耐去筹款，
供应你能到贝尔蒙，去找宝喜霞。
去吧，马上去探问，我自己也就去，
哪里有款子，我不问条件好歹，
不论作为我担保，或作为我借贷。

［同下。

第 二 景

［贝尔蒙。宝喜霞邸内一室。］

［宝喜霞与纳丽莎上。

宝喜霞 当真，纳丽莎，我这小小的身体实在经受不了这个大世界。

纳丽莎 您是会受不了的，好姑娘，如果您的苦恼跟您那好运道一般多：可是，由我看来，那些吃得太饱的人跟那些挨饿没东西吃的同样要病倒。所以，居于中庸地带并不能算作不快乐：富裕会催生白发，但适中能引出长寿。

宝喜霞 好话，讲得对。

纳丽莎 要是能照着做，那就更好了。

宝喜霞 倘使实地去做一件事跟知道什么好事可以做同样容易，小教堂会变成大寺院，穷人的草屋会变成王侯的宫殿了。一位好的传教师才会遵从他自己的教诲：我更容易教二十个人做什么好事，却不能做二十个人中间的一个，去按我自己的教训行事。理智可以帮助制定法律约束感情，但激情会跳过冷静的律令：青年的狂热是这样一只野兔，它会跳过忠告这跛子的法网。可是这样说理不能替我挑选一个丈夫。唉哟，说到挑选！我既不能挑选我所喜爱的，也不能拒绝我所厌恶的；一个活着的女儿的意志便这样被一个死了的父亲的遗嘱所控制。纳丽莎，我不能拒绝，也不能挑选，岂不是难受吗？

纳丽莎 您父亲素来是有德的；道德高尚的人临终时必有颖悟：故而拈阄，在他设计的金、银、铅三只匣子里挑选一只，谁挑对了他的用意就挑中了您，无疑，除非他是真正爱您，否则决不会被拈对。可是您对这几位已经来到的公侯贵胄中哪一位求婚人，比较有好感？

宝喜霞 你且把他们一个个道来；你提名以后，我来描摹他们几句，从我的道白里，你可以觉察到我的感情。

纳丽莎 首先，那位那坡利亲王。

宝喜霞 嗨，那真是匹小马，因为他不讲别的，只谈他的马儿；因为他当作他的大好本领，能自己钉马蹄铁。我只恐他的令堂大人跟一个铁匠有过花头。

纳丽莎　然后是那位巴拉廷伯爵。

宝喜霞　他一天到晚颦眉蹙额，仿佛说“假如你不爱我，算了”：他听到好笑的故事也不笑：我只恐他到了老年会变成个哭泣哲人，⑥ 如今这么年轻已经愁眉苦脸得不像样子。我宁愿嫁给一个骷髅，它嘴里插一根骨头，也不愿嫁这两个里边的哪一个。上帝保佑我别让他们拈中了我！

纳丽莎　那位法兰西贵族勒·榜先生，您对他怎么说？

宝喜霞　上帝造下了他，故而就算他是个人。说实在话，我知道嘲笑人是一桩罪辜：可是他呀！唉，他有一匹比那坡利人更好的马，比那巴拉廷伯爵更糟的皱眉恶习；他是各式各样的人混和在一起，可没有他自己，听到一只画眉在鸣，他马上会跳跃：他会同他自己的影子斗剑：我若是嫁了他，就嫁了二十个丈夫。他如果瞧不上我，我会原谅他，因为他如果爱得我发了疯，我决不会报答他的恩情。

纳丽莎　那么，您对那位英格兰青年男爵福康勃立琪怎么说？

宝喜霞　你知道我不跟他说话，因为他不懂我的话，我也不懂他的话：他不会说拉丁、法兰西话，也不说意大利话，而你可以到法庭上去宣誓，我的英格兰话不值一个钱。他的外表还可以，可是，啊，谁能跟一个打手势的哑巴开谈？他的穿戴多古怪！我想他的短褂是在意大利买的，紧身裤是在法国买的，软帽是在德国买的，而他的举止是从天南地北弄来的。

纳丽莎　您认为他的邻居，那位苏格兰贵族怎样？

宝喜霞　他对邻居讲信修睦，因为他曾出借给那英格兰人一记耳光，他便发誓要在他能办到的时候偿还那记耳光：我想那法兰西人为他作保，立证签约，定必清偿。

纳丽莎　您看那青年德意志人，萨克逊公爵的侄子，怎样？

宝喜霞　早上他清醒时已经很坏，下午他喝醉了实在太糟：他最好时比一个人稍微坏些，最坏时比畜生略好一些：倘使最不幸的事发生，我希望我能设法不跟他在一起。

纳丽莎　要是他要求挑选，选中了那只中彩的匣子，您会拒绝遵循您父亲的遗嘱，如果您拒绝接他为夫婿的话。

宝喜霞　故而，为避免遭殃，你务必在一只差错的匣儿上放上深深一杯莱茵河葡萄酒，因为倘然魔鬼在里边作怪而诱惑在外面，我知道他会要去挑选。我什么事都可以去做，纳丽莎，可不能嫁给一个醉鬼。

纳丽莎　姑娘，您不用害怕会配上这些贵胄们的任何一位：他们已经告诉我他们的决心；那就是的确要回家去，不再麻烦您向您求婚，除非求得您能用别的办法，不照您父亲规定的经过挑选匣儿去解决。

宝喜霞　假使活到古代神巫那样老，我要跟月亮女神黛阿娜⑦一样贞洁，除非能按照先父的遗嘱办理娶得我。我高兴这一帮求婚人这么懂事，因为他们之中没有一个我不切望他离开的；祈求上帝赐他们以好风。

纳丽莎　您不记得吗，姑娘，老大人在世时有一位威尼斯青年，是士子，又是战士，同一位蒙忒弗拉侯爵来到过这里。

宝喜霞　是的，是的，是跋萨尼奥；我想来，这是他的名字。

纳丽莎　正是，姑娘：我这双傻眼睛所见到的所有的人儿，就推他最值得配上一位佳人。

宝喜霞　我很记得他，且记得他果真值得你夸赞。

［一仆人上。

怎么说？什么事？

仆　人　姑娘，四位宾客来向您告别：又有第五位，摩洛哥亲王，差个使从来报信，说他的主人亲王殿下今晚上要来到。

宝喜霞　要是我能对这第五位宾客用同样的心情欢迎，如同我对那四位加以欢送，我会要对他的到来感到愉快：要是他有着圣人般的品德而生着一副魔鬼似的尊容，那就不如让他听我的忏悔，可不要做我的老公。来，纳丽莎。喂，你在头里走。寻芳的贵客才辞行，探美的佳宾又来临。

［同下。

第 三 景

［威尼斯。一广场］

［跋萨尼奥与夏洛克上。

夏洛克　三千金特格；唔。

跋萨尼奥　呃，朝奉，三个月为期。

夏洛克　三个月为期，唔。

跋萨尼奥　这笔款子，我对你说过，由安东尼奥出立借据。

夏洛克　由安东尼奥出立借据；唔。

跋萨尼奥　你能否助我一臂之力？你能满足我吗？你能给我个答复吗？

夏洛克　三千金特格，三个月为期，安东尼奥出立借据。

跋萨尼奥　等你的答复。

夏洛克　安东尼奥是个好人。

跋萨尼奥　你听见过相反的责难吗？

夏洛克　啊，不不不不：我说他是个好人，意思是要你知道，我认为他是殷实的。可是他的资产是不稳定的：他有一艘海舶开往屈黎波里，又一艘开往西印度群岛；此外，我在市场上了解到他还有第三艘在墨西哥，第四艘驶向英格兰，他还有别的风险浪掷在海上。但是船舶不过是木板，水手不过是人儿：而岸上和水上有旱老鼠和水老鼠，水贼和旱贼，我是说海盗，而此外还有水、风和礁石的危险。虽然如此，他这人还殷实。三千金特格，我想我可以接受他的借据。

跋萨尼奥　放心，你可以。

夏洛克　我要得到保证才可以接受；为了能得保证，我要考虑一下。我能跟安东尼奥谈谈吗？

跋萨尼奥　假如你高兴同我们一起吃饭。

夏洛克　是啊，去嗅猪肉味儿；去吃那个你们的先知基督把魔鬼咒进去居住的肉身。我可以跟你们做买卖，跟你们谈话和散步，等等，可是我不能同你们一起吃饭，喝酒，祈祷。市场上有什么消息？是谁来到了这里？

［安东尼奥上。

跋萨尼奥　这就是安东尼奥舍人。

夏洛克　［旁白］他多么像个谄媚奉承的店主人！
我恨他，因为他是个基督教徒，
但是更为了他做人非常愚蠢，
借钱出去不取利，因而压低了
我们在威城放债营生的利率。
若是有一天我把他压倒在地，
我定要深深报复我对他的宿恨。

他仇视我们的神圣民族，且在那
百行商贾汇集的场所当众
辱骂我，鄙蔑我的交易和利润，
他叫作利息。我若原谅他，绝灭
我的种族！

跋萨尼奥　　夏洛克，你听到没有？

夏洛克　我正在考虑我手头所有的现款，
据我大体上记得起来的总数，
我一时筹不到三千。但那有何妨！
我犹太同族有一位财东屠勃尔，
能供应给我。但且慢！为期几个月，
您想要借用？［对安］您好，祝福您，舍人，
我们适才正在交谈起您尊驾。

安东尼奥　夏洛克，虽然我不论出借或告贷，
从不多收回或者多付出少许，
但为了我这位朋友的紧急需要，
我将破一次惯例。他知道没有，
你需要多少？

夏洛克　　唔唔，三千金特格。

安东尼奥　借期三个月。

夏洛克　我把它忘了；三个月；您告诉过我。
好吧，您立约；我来瞧；可是您听着；
我以为您说过您借出或者告贷，
从来不收付盈余。

安东尼奥　　我从来不收付。

夏洛克　当雅各替他舅父莱朋牧羊时——

这位雅各从我们的圣祖亚伯兰
算起，他聪明的母亲为他设法，
当上了第三代族长；哦，他是的——

安东尼奥 为什么说起他？他可收取利息吗？

夏洛克 不曾，没有取利息；不收取，您叫做
直接的利息：听着，雅各怎么办。
当莱朋跟雅各共同商议定当了，
出生的小羊儿，凡是有条纹斑驳的，
归雅各所有，作为工资；秋末时，
那些母羊，因情欲发作，跟公羊
交配，而当传种的动作正好在
这些毛茸畜生间进行的当儿，
这机灵的牧人剥了些树枝的皮，
插在发浪的母羊跟前泥土中，
这些受孕的母羊产下羊仔来，
凡是斑条羊就都归雅各所有。
这是繁昌的道路，而他是得福的，
繁荣昌盛是福佑，只要不偷盗。

安东尼奥 这是雅各所追随的机运，朝奉；
但成就与否不在他掌握之中，
而是由上天的意趣所支配和形成。
你说这件事，可是说取利是好事？
或者说你的金钱是公羊和母羊？

夏洛克 那可说不上；我使它孳生得快，
听我说，老舍人。

安东尼奥 你瞧，跋萨尼奥，

魔鬼能征引圣经，为他的目的。
一个罪恶的灵魂用圣洁的凭证，
好比是一名呈露笑脸的恶棍，
一只穿心腐烂的美好的苹果：
啊，欺诈有多么美好的表象！

夏洛克 三千金特格；这是一大笔整数。
十二分之三；我来看，有多少；利率——

安东尼奥 好了，夏洛克，我们能否指望你？

夏洛克 安东尼奥舍人，不知有多少回
您在市场上对我的款项和利润
总是频施诋毁和粗野的辱骂：
我总是耐心地耸一耸肩忍受，
因逆来顺受是我们族类的标识。
您谩骂我是邪教徒，凶残的恶狗，
把唾沫吐在我的犹太外套上，
只因我使用了自己的款子作经营。
很好，看来您现在需要我帮忙：
得了，那么；您跑来找我，并且说
“夏洛克，我们要用款子”：您说道；
您啊，曾把唾沫吐在我须髯上，
用脚踢我，像踢您那门槛外边
一条野狗：借款子是您的恳求。
我应该对您说什么？我应否说道：
“一条狗能有钱吗？是不是可能
一条狗能够贷出三千元？”或者，
我应当弯下身子，用奴才的调门，

屏息而低声，恭而敬之地说道：
“好大爷，上个星期三您吐我唾沫；
某一天您用脚踢我；又有一回
您叫我狗子；为了这些个殷勤，
我要借给您如许钱款？”

安东尼奥 我很有可能再这样叫你骂你，
再吐你唾沫，再像往常般踢你。
你若是肯借这笔钱，不必借贷给
你的朋友；因为友谊怎么会
从朋友那儿收取硬金银的子息？
你若借贷，就作为借给你的仇人，
他呀，假使他失约，你更好便于
按立约处罚。

夏洛克 哎哟，您的气好大！
我心想跟您攀交情，得您的友好，
忘记您过去对我的种种羞辱，
供应您目前的需要而不收一分钱
作为我款子的息金，可是您不听：
我完全是一片好意。

跋萨尼奥 这真像是好意。

夏洛克 这好意我要表示。
同我去找个公证人，就在他那儿
签好了单独债券；⑧ 为了当作玩，
您在某月某日，某一个地点，
不归还我契据里写明的如许
如许数目，让罚则定会在您

身体上不论哪一处，随我的高兴，
割下整整一磅白肉来作抵偿。

安东尼奥 我满意，当真；我要签这个借据，
而说这个犹太人对我很善意。

跋萨尼奥 你绝不可以为我签这个债券：
我宁愿没有这笔款子而落空。

安东尼奥 嗨，老弟，别害怕；我不会受罚，
这两个月内，在这债券到期前
一个月，我指望有这债券上的数目
三倍又三倍，回归到我这手里来。

夏洛克 啊，亚伯兰始祖，这些基督徒
怎么这模样，他们自己太苛刻，
倒怀疑人家的善意！请您告诉我，
如果他到期失约，我有何好处，
按照借据上规定的条款取罚？
从一个人身上割下一磅人肉，
比起胡羊肉、牛肉、山羊肉来，
还不那么样值钱或有利。我说，
为博取他的好感，我豁出这友情：
他若是接受，那就好；否则，再会；
对我的友好，请您切莫要唐突。

安东尼奥 好的，夏洛克，我要签署这债券。

夏洛克 那么，就请到公证人那里碰头；
关照他怎样订立这玩笑的借据，
我要马上去把款子装入钱囊，
还要回家去照顾一下，留给了

一个烂污的奴才去守护不放心，
接着便赶来找你们。

［夏洛克下。

安东尼奥　你赶快，温存的犹太人。
这个犹太人就要成为基督徒：
他变得善良了。

巴萨尼奥　我不爱口蜜腹剑。

安东尼奥　别着慌：这件事没有什么可低徊；
到期前一个月，我的船都会回港来。

［同下。

第一幕　注释

① 耶纳斯（Janus）为古罗马神话里的两面神，他管理百物之初（如人生之始、年月之始等）和天门，有两个面孔，瞻前而顾后。

② 奈斯托（Nestor）是古希腊史诗《伊利亚特》（*Iliad*）叙述特罗亚（Troy）与希腊的十年战争（Trojan War）里的一个希腊首领，他年纪最大，最聪明，富有经验。

③ 坎托（Marcus Porcius Cato, the Elder，前234—前149）为古罗马爱国人士。

④ 勃鲁德（Marcus Junius Brutus，前85—前42）为古罗马贵族派一名政客，参与谋杀当时名将、政治家与著作家恺撒（Caius Julius Caesar，前100—前44）。恺撒是罗马共和时代的有名迪克推多（dictator），即独裁者，后来普鲁士人和日耳曼人即用他的姓氏作为国王和皇帝的称号（Kaiser），而帝俄的沙皇（Czartsar）称谓当亦由此而来。莎士比亚有一剧本名《居理安·恺撒》（*Julius Cæsar*）即描写那段政争。

⑤ 古希腊神话：古代有一只金羊钉在黑海东岸科尔契（Colchis）王邦一棵树上，当即有英雄鉴逊（Jason）带领了五十四名徒众乘了名叫阿各（Argo）的一只船去寻访，历经种种艰险困苦，终于觅得了金羊毛回来。

⑥ 即指Theraclitus，是个好哭泣的哲人。

⑦ 黛阿娜（Diana）是古罗马神话里的狩猎、森林、光和月亮的女神，是一位童贞处女。

⑧ 单独债券上没有保证人签名，只由签名的举债人负完全、绝对的责任。

第二幕

第一景

［贝尔蒙。宝喜霞邸内一室］

［长鸣齐奏。摩洛哥亲王率扈从上，宝喜霞、纳丽莎及仆从随侍。

摩洛哥　莫要因我的容颜而对我嫌厌，
这是熠熠阳乌的晦暗的公服，
它啊，我是它邻曲和相近的亲人。
跟我在北国找个最白皙的人来，
那里费勃斯①的火焰难得化垂冰，
让我们契血来验证对您的情愫，
比一比是他的，还是我的最殷红。
告诉您，姑娘，我这副相貌曾使
骁勇者胆怯：凭我的爱情，我起誓，
我们疆土上最被尊崇的处女
都曾爱过它：我不愿变易这色泽，
温良的女王，除了为吸引您的喜爱。

宝喜霞　要获致雀屏中选，并不取决于
一位窈窕淑女的微妙的眼光；

而况，我相从与否这命运的拈阄，
摒绝了我的自愿取舍的主权：
但如果我父亲未曾以他的灵明
限制、拦阻我，我要嫁哪位君子，
匹配我他得遵循我告您的程序，
那么，您殿下，声名赫奕的亲王，
在我看来便跟不论哪一位
来访的君侯同样的修美，同样
值得我恩爱。

摩洛哥 就为这一层，感谢您；
因而，请您领我到匣儿那里去，
去试探我的命运。我凭这弯刀
起誓，它斩过波斯王和一位三次
战败过索列曼苏丹的波斯亲王，
我要怒目瞪退最威武的雄杰，
威震这世上人间最勇猛的英豪，
从母熊胸头拉下给喂奶的仔熊，
哎，当一头饿狮咆哮时嘲弄它，
为求得您的情爱。但是，唉呀！
赫居里②若跟他的侍从列却斯掷骰
赌赛比高低，大点子也许碰运气
会出自那无力小子轻挥的手中：
于是大力神便这般给僮儿所败；
这样，我也许被盲目的逆运所引领
失掉了机缘，给不堪的庸人所得，
而在悲伤里丧命。

宝喜霞　　　　　　　　您得凭命运，

或者放弃掉，不再企图去挑选，

否则挑选之前立下誓，挑错了

决不再向那一位姑娘求婚配：

故而要请您考虑。

摩洛哥　　　　　　　　我不会。来吧，

引我去试探命运。

宝喜霞　　　　　　　　首先，到庙里：

午餐后您将去冒险。

摩洛哥　　　　　　　　愿好运来临！

我或者成功得福，或失败而丧命。

［长鸣齐奏，同下。

第 二 景

［威尼斯。一街道］

［朗斯洛忒上。

朗斯洛忒③　当然，我的良心会同意我从这犹太主人家里逃走。魔鬼在我的臂肘旁引诱我，说道，“高卜，朗斯洛忒·高卜，好朗斯洛忒”，或是“好高卜”，或是“好朗斯洛忒·高卜，使用你的腿儿，就开始吧，跑掉”。我的良心说，“不要；注意，老实的朗斯洛忒；注意，老实的高卜”，或是，如刚才所说，“老实的朗斯洛忒·高卜；别跑；鄙视用你的脚跟逃跑”。好，那个挺大胆的魔鬼叫我收拾行李：“上路！”魔鬼道；“走啊！”魔鬼道；“为了

老天，鼓起胆来，”魔鬼道，“就跑。”好，我的良心挂在我心儿的脖子上，很聪明地对我说，“我的老实朋友朗斯洛忒，是个老实人的儿子，”或许该说是个老实妇人的儿子；因为，老实讲，我父亲有点儿气味，有点儿那个，他有一种味儿；好，我的良心说：“朗斯洛忒，别动。”“动，”魔鬼说。“别动，”我的良心说。“良心，”我说道，“你出的主意对。”“魔鬼，”我说道，“你出的主意对。”依了我的良心，我该待在我的犹太主人这里，他啊，上帝恕我，是个魔鬼；而从犹太人这里逃跑，我就会跟着魔鬼跑，他啊，对不起，本身就是魔鬼。这犹太人肯定是魔鬼的化身；而我这良心，凭良心讲，是个硬良心，因为它出主意，叫我待在这犹太人这里。魔鬼替我出的主意倒比较友好：我决计逃跑，魔鬼；我的脚跟听从你的指挥；我要跑。

［老高卜携篮上。

高　卜　小官人，您，请问您，到犹太老板家怎么走？

朗斯洛忒　［旁白］天啊，这是我亲生老子！他的眼睛比沙盲还厉害，是石子盲，认不得我：我来逗着他玩儿。

高　卜　小官人，年轻的士子，请问您，到犹太老板家怎么走？

朗斯洛忒　下一个拐弯你往右手拐，最后一个拐弯你往左边拐；凭圣母，就在下一个拐弯不用拐，便直接到了犹太老板家。

高　卜　上帝可怜见，这可难找了。您可能告诉我，有一个朗斯洛忒待在他那儿，可还待在他那儿不。

朗斯洛忒　你是讲的朗斯洛忒小官人吗？［旁白］瞧着我来叫他流些眼泪水。你是说的朗斯洛忒小官人吗？

高　卜　不是小官人，小官人，只是个穷人的儿子：他老子，我虽然这么说，是个老实的贫寒透顶的人儿，不过多谢上帝，还活得不错。

朗斯洛忒　得，由他的老子去要怎样便怎样，咱们讲的是年轻的朗斯洛忒小官人。

高　卜　您官人的朋友，他叫朗斯洛忒，小官人。

朗斯洛忒　可是我来问你，故而，老人，故而，我求你，你讲的可是朗斯洛忒小官人？

高　卜　是朗斯洛忒，要是您小官人高兴。

朗斯洛忒　故而，朗斯洛忒小官人。别说朗斯洛忒小官人了，老人家；因为这年轻的士子，根据运命、气数和这一类怪异的说法，三姐妹那等方术，是当真去世了，或者如你用常言来说的，叫做归了天。

高　卜　凭圣母，上帝不准！这孩子是我老来的拐棍，我的依仗啊。

朗斯洛忒　我看来像根棒头或撑柱，一根拐棍或支杖吗？你认识我吗，老人家？

高　卜　唉呀，我不认识，年轻的士子；可是，我求您，告诉我，我的孩子，上帝安息他的灵魂，是活着还是死了？

朗斯洛忒　你不认识我吗，老爹？

高　卜　唉，小官人，我是个沙盲瞎子；我不认识您。

朗斯洛忒　不认识，当真，要是你眼睛不坏，你也不见得会认识我：得有个聪明老子才能认识他自己的儿子。好吧，老人家，我来告诉你你儿子的消息：祝福我：真相会显露出来；谋杀不能隐藏得太久；一个人儿的儿子也许能躲避一时，可是事实终于会显露。

高　卜　请您，小官人，站直了：我相信您不是朗斯洛忒我的孩子。

朗斯洛忒　我们别再瞎胡闹了，请你给我祝福吧：我是朗斯洛忒，过去是你的孩子，现在是你的儿子，将来是你的小子。

高　卜　我不能相信你是我的儿子。

朗斯洛忒　我不知道我该有个怎样的想法：可是我确实是朗斯洛忒，犹太人雇的小厮，我也确实知道你的老婆玛吉蕾是我的妈。

高　卜　她名叫玛吉蕾，不错：我可以赌咒，你若是朗斯洛忒，你就是咱的亲生骨肉了。上帝委实是圣灵！你脸上长得好一把须髯啊！你下巴上长的毛比我那驾车的马儿道平拖的尾巴还多。

朗斯洛忒　那么，看来是道平的尾巴长得往后退了：我蛮有把握；我最后见到它时，它的尾巴毛长得比我现在脸上的毛多得多哩。

高　卜　上帝啊，你变得多厉害！你跟你主人合得来吗？我给他带了件礼物来。你们合得来吗？

朗斯洛忒　得了，得了；可是，拿我来说，我既然已经决计逃跑，我就非跑它一程路决不会停下来。我这主人是个十足的犹太佬：给他一件礼物！给他一根绳子去上吊：我替他干活挨饿；你能用我的每一根手指去数我的肋骨。阿爸，你来我很高兴：你替我把礼物送给跋萨尼奥官人，他啊，当真的，把漂亮的新制服给仆人穿：我若不侍候他，我要跑遍这世界。啊，好运道！这来的就是他，爸爸；我若再侍候那犹太佬，我就是个犹太人。

［跋萨尼奥与里奥哪铎及其他从人上。

巴萨尼奥 你可以这么办；可是得赶快，晚饭最晚要在五点钟准备好。这几封信送掉；把制服裁做起来，请葛拉希阿诺马上到我寓所来。

朗斯洛忒 上前，爸爸。

高　卜 上帝保佑大官人！

巴萨尼奥 多谢你，有什么事？

高　卜 这是我的儿子，大官人，一个可怜的孩子，——

朗斯洛忒 不是个可怜孩子，大官人，是那犹太财东的小厮；我愿意，大官人，我爸爸会告诉您——

高　卜 他有个大缺点，大官人，正如人家说的，来侍候，——

朗斯洛忒 果然，总而言之，我侍候那犹太人，如今想要，我爸爸会详细——

高　卜 他主人跟他，不瞒您大官人说，有点儿合不拢来——

朗斯洛忒 干脆说一句，事实是那犹太人，给我吃了苦头，使得我，我爸爸，他是，我希望，一个老头儿，会向您陈明——

高　卜 我这里有一盘烤好的鸽子愿意奉送给大官人，我要请求的是——

朗斯洛忒 简单道来，这请求不关我自己，您大官人会从这老实的老人家这里得知；所以，我虽是这么说，他虽是个老人，可是个穷人，我爸爸。

巴萨尼奥 由一个人讲。你们要什么？

朗斯洛忒 侍候您，大官人。

高　卜 那正是这事情的缺点，大官人。

巴萨尼奥 我很认得你；我答允你的要求：
你主人夏洛克今儿跟我谈过，
把你荐升给了我，假使你离开

一个犹太财东，来当这样穷
一个士子的从人，能叫做荐升。

朗斯洛忒 一句老话一分为二正好应在我主人夏洛克和您身上，大官人：您有了上帝的神恩，他有的是钱。

跋萨尼奥 你说得利落。同你的儿子，老人家，
去跟他那位旧主人道别，然后
去问明我的寓所。给一套制服
与他，要比别人的显焕些：照着办。

朗斯洛忒 爸爸，里边来。不成，我弄不到一个好差事；我这脑袋里这舌头不顶事。好啊，要是不管谁在意大利有生得比我这能按着《圣经》起誓的手掌上更好的掌纹，［我才不信呢，］我的运道是出色的。得了，这是一条单一的寿命线：这儿有不多几个老婆；哎呀，十五个老婆算不了什么；十一个寡妇和九个闺女对于一个男子汉算不了什么：还有，三次掉在水里不淹死，有一次却在鸭绒床榻边上险些儿送了命；这儿是见得能死里逃生。好吧，要是命运神是个女的，她这一着倒是个好娘儿的一着。爸爸，进来；我要花一眨眼的工夫跟那犹太老板道别。

［朗斯洛忒与老高卜下。

跋萨尼奥 我请你，好里奥哪铎，烦劳你了；
这些东西买好了，装上船以后，
赶快回来，因为我今夜要宴请
我最最尊重的朋友：请赶快，去吧。

里奥哪铎 我一定替您尽最大的努力照办。

［葛拉希阿诺上。

葛拉希阿诺 你主人在哪里？

里奥哪铎　　　　　　　　那边，官人，散着步。　　　　　［下。

葛拉希阿诺　跋萨尼奥仁君！

跋萨尼奥　葛拉希阿诺！

葛拉希阿诺　我对您要提个要求。

跋萨尼奥　　　　　　　　　　我答应了你。

葛拉希阿诺　您一定不能拒绝我；我得跟您到贝尔蒙去。

跋萨尼奥　那么，你就准定去。可是你听着，
葛拉希阿诺；你太放浪，太粗豪，
高声说话：这些个对于你很合式，
在我们眼里并不显得是缺点；
但在生疏的场合，那就显见得
有点儿放肆。务请你尽力设法
在你那跳跃的精神里注入几滴
冷静的谦恭，否则由于你的轻举，
我会在我的所去之处被误解，
而丧失希望。

葛拉希阿诺　　　　　　跋萨尼奥仁君，
听我说：我倘使不罩上一层端庄，
言谈间温文尔雅，只偶然赌个咒，
袋里装着祈祷书，脸上很严肃，
还不够，餐前祷告时，把帽子压低，
遮住了眼睛，叹息着说声“阿门”，
遵循了一切谨守礼仪的风范，
像个去讨老祖父喜欢的人儿般，
装得个郁郁苍苍，就永远莫信我。

跋萨尼奥　很好，我们且看你的行止吧。

葛拉希阿诺 今晚上不作数：你可别把我今天

夜里的行动来估量。

跋萨尼奥 不会，那可惜：

我要请你发挥你最不羁的欢快，

因大家好友们要作乐。可是再会吧：

我有别的事。

葛拉希阿诺 我也得去找洛良佐和别的一伙：

但我们将在晚饭时和你相会。

［同下。

第 三 景

［同前。夏洛克家中一室］

［絜雪格与朗斯洛忒上。

絜雪格 你这样离开我父亲，我觉得难受：

这个家是地狱，你是个淘气的小鬼，

破除了几分常日的无聊单调。

可是祝你好，这儿一块钱你收着：

朗斯洛忒，就在晚餐时你见到

洛良佐，他是你新主人今晚的客人：

给他这封信；悄悄地私下捎给他；

再会吧：我不愿给我爸爸见到

我在跟你说着话。

朗斯洛忒 祝平安！眼泪替代了我的舌头。最标致的异教徒，最温柔的犹太闺女！若不是有个基督徒来将你骗走，就算我太糊涂。可是，再见了：这几滴傻眼泪差不多淹没了我的男儿气概：再会。

絜雪格　再会啊，好朗斯洛忒。　［朗斯洛忒下。

唉哟，这真是我多么深重的罪辜，
竟会得羞于做我父亲的孩子！
可是我虽在血统上是他的女儿，
在做人行事上可不是。啊，洛良佐，
你若守信约，我将平静这心头浪，
信奉基督教，做你恩爱的好妻房。

［下。

第四景

［同前。一街道］

［葛拉希阿诺、洛良佐、萨拉里诺与萨拉尼奥上。

洛良佐　且不，我们在晚餐时分溜出去，
在我寓所里化装好，然后回来，
前后一小时。

葛拉希阿诺　我们准备得还不够。

萨拉里诺　我们还没找好执火把的僮儿。

萨拉尼奥　那就要不得，除非打点得很新巧，
否则由我看来还不如不用吧。

洛良佐　现在还只四点钟：我们有两小时
去准备。

［朗斯洛忒持信件上。

朗斯洛忒朋友，什么事？

朗斯洛忒 若是您高兴把这打开来，它好似会告诉您。

洛良佐 我认得这笔迹：当真，这笔划真妙；
比这张洁白的信纸更要姣好的，
是那写字的凝脂美手。

葛拉希阿诺 是情书。

朗斯洛忒 大官人，小的告辞了。

洛良佐 你到哪儿去？

朗斯洛忒 凭圣母，大官人，去请我的老主人那犹太人今晚上跟我的新主人那基督徒一块儿吃饭。

洛良佐 且慢，这一点给你：你去回报
温婉的絜雪格，我不会误她的约；
悄悄地跟她说话。各位，去吧， [朗斯洛忒下。
你们去准备今晚的假面跳舞吗？
我已经约好了一个执火把的僮儿。

萨拉里诺 唔，凭圣母，我马上去准备起来。

萨拉尼奥 我也去。

洛良佐 再过点把钟，跟葛拉希阿诺
和我在他寓所里相会。

萨拉里诺 这样很好。 [萨拉里诺与萨拉尼奥同下。

葛拉希阿诺 那封信不是漂亮的絜雪格写的吗？

洛良佐 我定得把一切都告你。她关照了我
怎样将她从她父亲家接出来，
她将随身带什么样金珠宝贝，
她会预备好怎样的僮儿服装。
假如犹太佬她父亲能得升天，

那是因依仗他温婉的女儿之故。
逆运决不敢拦截她行进的步子，
只除了它可能采取那样的借口，
说因为奸邪的犹太人是她父亲。
来吧，和我一同去；边走边看信：
美好的絜雪格将是我执火把的佼童。

［同下。

第五景

［同前。夏洛克家门首］

［夏洛克与朗斯洛忒上。

夏洛克 好吧，你可以看到，你眼睛能判定，
老夏洛克跟跋萨尼奥的区别：——
什么，絜雪格！——你再也不要穷吃了，
像你在我家一般：——什么，絜雪格！——
还死睡，打鼾，把衣服胡乱撕烂；——
嗨，絜雪格，我说！

朗斯洛忒 嗨，絜雪格！

夏洛克 谁要你叫的？我没有要你叫啊。

朗斯洛忒 您老人家老是告诉我，说不关照，我什么事也不要干。

［絜雪格上。

絜雪格 您叫我吗？有什么吩咐？

夏洛克 絜雪格，今儿我给请出去吃晚饭：
我的钥匙在这儿。但为何我要去？

我不是为爱而被邀；他们捧拍我：
可是我为了恨所以去，存心去吃吃
这个挥霍的基督徒。絜雪格吾女，
照看着门户。我很不乐意前去：
有什么不祥的兆头妨碍我安息，
因为我昨夜在梦里见到钱袋。

朗斯洛忒 请您老人家务必去：我家少主人指望您斥责④。

夏洛克 我也指望他斥责。

朗斯洛忒 他们已经同谋好，我不说您会看到一场假面跳舞；可是您若看到的话，那就无怪上一个黑星期一早上六点钟我的鼻子会流鼻血，那一年正是在圣灰节第四年的下午。

夏洛克 什么，有假面跳舞？听我说，絜雪格：
把门锁起来；当你听到击鼓声，
还有歪脖子的横笛那尖声怪叫，
可不准爬到窗槅上东张西望，
也不许伸出脑袋去探视街道，
瞧那些傻瓜基督徒油彩涂满脸；
要堵住这屋子的耳朵，我是说窗子：
别让那浮嚣蠢事的声音钻进我
这庄重的屋子。凭雅各的牧杖，
我今儿晚上真不想出外去赴宴：
可是还得去。你在头里走，小子；
说我就来到。

朗斯洛忒 我就先走了，您老。姑娘，不管这一切，探出窗外望。
有个基督徒要来到，
值得个犹太姑娘瞟。 ［下。

夏洛克　那夏甲⑤的傻瓜儿孙说些什么？

絜雪格　他说“再会了，姑娘”；没有说别的。

夏洛克　这蠢货人倒还不坏，可肚子太大：
做事慢得像蜗牛，大白天睡觉
要赛过野猫；懒惰的雄蜂跟我
不相容；故而我送走他，把他送给那
举债度日的浪子，好帮他花费。
好了，絜雪格，进去：我也许马上
要回来：听我的，照办；关上了门户：
绑得牢，容易找；
这格言在勤俭人心上永不抛。　［下。

絜雪格　祝平安；若是我命运不遭挫折，
我有个父亲，您有个女儿，要丧失。

［下。

第六景

［同前］

［葛拉希阿诺与萨拉里诺戴假面上。

葛拉希阿诺　在这屋檐下，便是洛良佐要我们
来等他。

萨拉里诺　他约定的时刻快要过了。

葛拉希阿诺　他会迟到真是件怪事，因为
恋爱的人们总赶在时钟前面。

萨拉里诺　啊，维纳斯的瑞鸽⑥飞去缔结

新欢的盟誓，总比使旧好能践行
要快上十倍！

葛拉希阿诺 那是不易的常情：
谁从筵宴上宴罢起立时，还有他
当初刚入席那种饕餮的胃口？
哪有一匹马会用不减的精神
驰骋它疲劳的步蹄，如同开始
长驱时那样抖擞？对人间事物，
追逐总要比享受更兴致勃勃。
多么像一个英俊活泼的青年，
那披着肩巾的快艇驶离了港口，
去受淫滥的风飙紧搂和拥抱！
或者像一个浪子，它回程返港，
龙肋给风吹雨打，篷帆残碎，
被淫雨消磨得羸瘦、破烂和潦倒！

萨拉里诺 洛良佐来了：这些话以后再谈。

［洛良佐上。

洛良佐 两位好友，我来得太晚，请原谅；
因有事摆不脱身，累你们久等：
待你们将来也得偷妻子的时候，
我也会替你们守候这么久。上前来：
这是我犹太岳父家。嗨！里边谁？

［絜雪格着童子装在上方上。

絜雪格 你是什么人？告诉我，为了免差错，
虽然我听得真切你那个声音。

洛良佐 我是洛良佐，你的心上人。

絮雪格　洛良佐，的确，果然是我的心上人，
因为谁，我爱得这样亲切？除了你，
洛良佐，谁知道我可是你的亲亲？

洛良佐　上天和你的思想证明你确是。

絮雪格　这里，接住这匣儿；它值得你费心。
幸好这是在夜里，你瞧不见我，
我装成这副模样，挺不好意思：
可是恋爱是盲目的，着迷的恋人们
瞧不见他们自己所干的傻事；
因为假如他们能，邱璧特会脸红，
当他看到我这样变化成僮儿。

洛良佐　下来，你得做我的火把执掌僮。

絮雪格　怎么，我得手拿着烛火，照亮我
自己的羞惭吗？当真，它们已经
太显耀，这件事可是在暴露，亲亲；
我却应当受隐晦。

洛良佐　　　　　　　　你就会，蜜蜜，
穿上可爱的童装给隐蔽起来。
可是，快来；
这隐秘的暗夜逃跑得好不飞快，
而跋萨尼奥在等着我们去赴宴。

絮雪格　我来把门户关好，还要多装上
几块金特格，然后立刻来就你。

［自上方下。

葛拉希阿诺　凭我的头巾打赌，她是个基督徒，
不是个犹太人。

洛良佐 诅咒我，我若不爱她；
我若是能判断，她真够聪明智慧，
我若是眼光真切，她真够美艳，
而她已经证明了，她又加是真诚，
她将在我恒久的灵魂里永保存。

［絜雪格在下方上。

啊，你来了？行进，朋友们；去来！
我们的舞伴正在把我们等待。

［与絜雪格、萨拉里诺同下。

［安东尼奥上。

安东尼奥 那边是谁？

葛拉希阿诺 安东尼奥舍人！

安东尼奥 得了，得了，葛拉希阿诺！大伙呢？
已经九点钟：朋友们都等着你们。
今晚没有假面舞：顺风已来到；
跋萨尼奥就要立刻上船去：
我差了二十个人来寻找你们。

葛拉希阿诺 我好不高兴：我一心只是急巴巴，
盼望今晚上就能扬帆出发。 ［同下。

第七景

［贝尔蒙。宝喜霞邸内一室］

［长鸣齐奏。宝喜霞及摩洛哥亲王，各率随从上。

宝喜霞 去拽开帷幕，把几只匣儿显露给这位尊贵的亲王。现在请您挑。

摩洛哥 第一只是金的，刻着这样的题辞，
“谁挑选了我，会得到众人之所愿”；
第二只是银的，附着这样的规约，
“谁挑选了我，会得到他的所应有”；
第三只，纯铅铸，附着的警告也突兀，
“谁挑选了我，得牺牲、冒险他的一切”。
我怎能知道我挑的正巧对劲？

宝喜霞 它们中有一只有我的图像，亲王：
您若是挑中它，我就归您所有。

摩洛哥 望天神指引我的判断！容我想一下；
我回头从新来审查这几句铭辞。
这铅匣怎么说？
“谁挑选了我，得牺牲、冒险他的一切”。
得牺牲：为什么？为铅？为铅而冒险？
这匣儿威胁人。孤注一掷的人们，
那么干只为了能赢得优惠的好处：
一个金贵人不为了渣滓去弯腰；
我那就不为钝铅去牺牲或冒险。
白银怎么说，闪着它清贞的色泽？
“谁挑选了我，会得到他的所应有”。
得到我的所应有！且稍待，摩洛哥，
用平稳的手法权衡你真正的价值，
若是你被评价时，你自己去估量，
你是否应得足够多；可是足够多，
并不意味着应得这姑娘千金秀，

不过为我的所应有平白地担忧，
只是无端损伤我自己的资格。
我的所应有！哦，那就是这姑娘：
我在家世上应有她，财产配得过，
品性比得上，教养也十分相当；
但超越这一切，我在爱情上应有她。
是否我不再犹豫，就在此选定？
容我再一次瞧这金匣上的刻字；
“谁挑选了我，会得到众人之所愿”。
哦，那正是这姑娘；全世界都但愿
得到她；他们从四面八方齐来到，
来吻敬这神灵，这呼吸的人间灵圣；
候坎尼亚的沙漠和广大的阿剌伯
辽阔荒野，已变成王子贵胄们
来瞻仰美貌的宝喜霞的通衢大道：
汹涌澎湃的王邦，它雄心勃勃，抬头
吐唾沫泼天颜，也不能阻止纷纷
从外国联翩汇集的远客，他们来，
像跨过一条小河，访绝色的宝喜霞。
这三中之一有她天仙似的肖像。
是否铅匣里有她？这卑劣的想法
简直是亵渎：即令是她裹尸的蜡布，
放在这黝暗的墓里也太荒谬。
我应否设想她幽闭在银匣里边？
——白银比久经试验的黄金贱十倍；
啊，罪辜的想法！这样的琼琚，

决不能不用精金镶。他们在英格兰
有一种钱币印着个天使的形象，
是黄金所铸，但那是镌刻而成的，
而这里这天使是在黄金床上，
躺在匣中央。给我一柄钥匙；
我挑定这匣儿，但愿我吉运昌隆！

宝喜霞 这里，接着，亲王；我的像若在此，
我便是您的。

[他开启金匣。

摩洛哥 嗳呀！这是什么啊？
一个死尸的骷髅，在它眼眶里
有一个写字的纸卷！我来念一下。
[读] 闪闪发光的不都是黄金；
素常的说法总这样声称：
世上好多人毁掉了一生，
只为了能看到我的外形：
蛆虫占据着镀金的墓茔，
你要是既勇敢而又聪明，
判断已老成，手脚虽轻灵，
答复便不会叫你去伤心：
祝平安；你求到一片寒冰。
一片寒冰，果真是；枉费了心机：
那么，作别了，热情！冰霜啊，良契！
宝喜霞，祝平安。我太失意而悲伤，
不能够依依道别：孤注者输光。

[率扈从下。长鸣齐奏。

宝喜霞 厄运去得还轻快。拽上了帷幕。

愿像他这样容貌的都这般挑我。

[同下。

第八景

[威尼斯。一街道]

[萨拉里诺与萨拉尼奥上。

萨拉里诺　是啊，老兄，我眼见跋萨尼奥走：
跟他一起的只有葛拉希阿诺；
我分明不见洛良佐在他们船上。

萨拉尼奥　那犹太坏蛋呼号着惊动了公爵，
他只得同他去搜查待开的船了。

萨拉里诺　他来得太晚，船已经扬帆开出：
可是公爵在那儿被明白告知，
有人见到在一只平底艒舲⑦里，
洛良佐同他多情的絜雪格在夜游：
安东尼奥又复向公爵作保证，
他们并不在跋萨尼奥的船上。

萨拉尼奥　我从未听到过这样混乱的哀号，
那么样怪异、暴戾，那么样多变化，
如那条犹太疯狗在街上所嚷的，
“我女儿！啊呀，我的金特格！女儿啊！
跟个基督徒逃跑了！基督特格啊！
公道啊！法律！金特格！啊也，我女儿！
一袋封好的，两袋封好的特格，

双特格，唉呀，给我女儿偷走啊！
还有宝石，两大颗，珍贵的宝石呀，
给我女儿偷走啊！公道啊！找到她；
她身上藏着宝石哪，还有金特格。”

萨拉里诺 可不是，威尼斯所有的孩子跟着他，
叫喊着，他的宝石、女儿啊、金特格。

萨拉尼奥 安东尼奥得记住别误了期限，
不然他会受不了。

萨拉里诺 凭玛丽，记得对。
昨天我跟个法兰西人闲谈，
他告我在那分隔开他们英法
两邦的狭海上，有一艘我们的船
满载着，失事了：他说时我就想到
安东尼奥；我心中默愿那不是
他的船。

萨拉尼奥 你最好告诉了安东尼奥；
可不要太突然，免得他着急。

萨拉里诺 这世上没有个仁蔼超过他的士君子。
我瞧见他跟跋萨尼奥相离别，
跋萨尼奥告诉他说要早一点
回来，他答道：“别那样，跋萨尼奥，
不用为我的缘故疏误了正事，
却要功成事就后从容地回来；
至于我签给犹太人的债券合约，
别让它挂在你对我爱顾的心上：
要一团高兴，把你整个儿心思

放在求婚和优美的钟情神态上，
总要跟你在那里的身份相称。”
正在那当儿，他眼中噙满了眼泪，
将头背过去，他把手伸到后面，
以无比衷心感念的温情紧握着
跋萨尼奥；他们便这样相道别。

萨拉尼奥 我想他爱这世界只是为了他，
我说，我们务必要前去找到他，
用不拘什么欢心事，解开他心头
郁紧的愁闷。

萨拉里诺 我们就去这么办。

［同下。

第 九 景

［贝尔蒙。宝喜霞邸内一室］

［纳丽莎与一仆从上。

纳丽莎 赶快，赶快，请务必；拽开这帷幕；
阿拉贡亲王已经宣过了信誓，
马上要到这里来作他的挑选。

［长鸣齐奏。阿拉贡亲王，及宝喜霞，各率随从上。

宝喜霞 您瞧，尊贵的亲王，匣儿就在此：
要是您挑选正中了有我的那只，
我们的婚礼立刻就可以举行：
但假使您失败，殿下，不用再多讲，

您就得马上离开这里别处去。

阿拉贡 我经过宣誓必须遵守三桩事：
首先，决不可告诉任何人我选了
哪一只匣儿，其次，假如挑不准
那对的匣儿，我从此终身决不向
任何女子去求婚：最后，我如果
挑选不走运，立即离开您往别处。

宝喜霞 对这些训令，每一位曾来为我
这微贱的身躯冒险的，都宣过了誓。

阿拉贡 我已经准备就绪。但愿命运
满足我的愿望！金匣，银匣，贱铅匣。
“谁挑选了我，得牺牲、冒险他的一切”。
我牺牲或冒险之前，你得美观些。
金匣儿怎么样说法？嚇！我来瞧；
“谁挑选了我，会得到众人之所愿”。
众人之所愿！那众人也许是指
愚蠢的大众，他们凭外表挑选，
不想多懂些，超脱愚昧的眼光；
不知去窥察到里边，但像那紫燕，
不顾风吹雨打，在外墙上营巢，
时刻凌冒着不虞的变故灾祸。
我不去挑选那个众人之所愿，
因为我不愿跟随俗子共浮沉，
厕身在蛮野无文的庸众之间。
啊，那么，就你吧，白银的宝库；
再一次告诉我你佩着什么标题：

“谁挑选了我，会得到他的所应有”；
说得多得体；因为谁会去行走，
为诳骗命运而依然得到尊荣，
若没有优良的品德？莫让任何人
胆敢凭空装一副不该有的庄严。
啊，但愿得财产、等第和权位
不是靠腐败钻营来，清白的光荣
只由享有者的优良品德所获致！
多少人在此脱帽站着的应加冠！
多少人发着号令的应当去听命！
多少名低微的鄙夫会从真正
光荣的种子中被搜检出来！多少位
光荣的俊彦从时俗的糠秕里选拔
出来，新加上光彩！好吧，我来挑：
“谁挑选了我，会得到他的所应有”。
我要自认为应有。给我柄钥匙，
立即开启我在这匣儿里的命运。

［开银匣。

宝喜霞 为您在那里边见到的待得太久了。

阿拉贡 是什么？一个闪眼傻瓜的画像，
给我一张字条！待我来念念。
你多么丝毫不跟宝喜霞相像！
多么跟我所应有的希望相像！
“谁挑选了我，会得到他的所应有”。
我难道只应有一个傻瓜的头吗？
这是我的彩头吗？我只应有这个？

宝喜霞 犯错误和评判是全然不同的两码事，

而且性质正相反。

阿拉贡 写的是什么？

［念］烈火锻炼过这银子七遍：

那个从不判断错的预见，

也定必经过七次的考验。

世上有些人把虚枉当真诠，

捉到个影子，只浮光一现。

我知道有些傻瓜在人间，

银装耀眼，如这个在眼前。

不管你娶个怎样的老婆，

总是注定了你头脑混沌。

故而，就去吧：快走，莫噜苏。

我要是再待在这儿发呆，

就越发显得是一个蠢才；

我带来一个傻脑袋求婚，

去时顶一对蠢头颅登程。

别了，美姣娘。我遵守誓言，

耐心去挨受愤怒的熬煎。

［阿拉贡亲王率扈从下。

宝喜霞 蜡烛便这般使扑火飞蛾遭了焚。

哎呀，这些蓄意的傻虫！当他们

挑选时，都不中，只因太聪明，误前程。

纳丽莎 古话说得对，不是邪言和左道，

绞首和娶妻得仗命运来关照。

宝喜霞 来吧，拽好了帷幕，纳丽莎。

［一仆人上。

仆　人　　姑娘在哪儿？

宝喜霞　　　　　　这儿：阁下怎么啦？

仆　人　　姑娘，在您府门口下马了一位
年轻的威尼斯人，他被先遣来
报道他少主不久即将来到；
他带着他主人对您的殷勤致意，
就是说，除了赏赞和谦恭的言语外，
有珍贵的礼品。我从来没见过
这样一位得体的钟情的使臣：
一个四月天的日子从不如此媚，
来预报华美的盛夏快要来赍临，
如这位先驱比他主人赶先到。

宝喜霞　　别再这么往下说了：我倒有点怕
你接着就会说他是你自己的亲戚，
你挥洒如许华言隽语来夸他。
来吧，来吧，纳丽莎；我很想瞧瞧
邱璧特⑧的捷足使者风光这么俏。

纳丽莎　　爱神啊，但愿来的是跋萨尼奥！

［同下。

第二幕　注释

① 费勃斯（Phœbus）是古希腊神话里太阳神阿波罗（Apollo）的别名，他是日轮、诗歌、音乐、医疗、预言等的神道，他本人是位理想的美青年。

② 赫居里（Hercules）是古希腊神话里的盖世英雄（希腊原名 Heracles），力大无穷。经过十二桩艰巨的劳役，他显示他的坚强与毅力，因而可说是表征了天神们所规定的希腊英雄主义的理想。他的名字从文字意义上说解作天后海拉（Hera）所叫

唤的，而海拉是天神等级的最高女神。列却斯（Lichas）是他的少年侍从。

③ 朗斯洛忒这样的小丑所讲的话，在三百五、六十年后的我们这样的异国人听来看来，实在没有多大的趣味。莎氏当时写他的剧本，只供在伦敦环球剧院（The Globe Theatre）演出，并不印刷出版。当时的观众在池子里是些劳苦人民，包括商店和工匠作场里的店伙、工匠、学徒、艺徒以及贩夫走卒、仆役、兵丁、捕快之流，他们站着看戏，往往人声嘈杂；在楼上包厢里则是有座位的王公、贵族、地主、老板等人。所以像朗斯洛忒这样的角色，在当时戏院的池子里是有他的观众的。

④ 作为剧中的小丑，朗斯洛忒这角色是一个文盲的小厮，可是他喜欢转文炫耀他自己。在这里他本想用"approach"（接近）这字，但错用了"reproach"（斥责）。夏洛克明知他缠错了用字，但因对他一肚子不高兴，所以作了他那个回答。接着这丑角又错说了"conspired"（同谋）这字，他的本意是想说"devised"（想出，计划）或"planned"（布置，计划）、"arranged"（布置，安排）这样的字。连下来他转入迷信的联想，且语无伦次。"黑星期一"可以用来指任何灾凶的日子。它原来是英王爱德华三世（Edward III）时一个耶稣复活节后的星期一，那天英军出征法国，在巴黎郊外大败，当时天气阴郁而苦寒。圣灰节（Ash-Wednesday）是四旬斋（Lent，复活节前四十天期间的大斋，为基督在荒野中禁食的纪念）的第一天，天主教中在那一天把灰撒在忏悔者头上，因以得名。

⑤ 夏甲（Hagar）是犹太人圣祖亚伯拉罕（Abraham）的埃及小老婆，她是他的妻子舍利（Sarah）的婢女。

⑥ 在古罗马神话里，美与恋爱的女神维纳斯（Venus）所驾驭的仙乘由一群瑞鸽拽引。

⑦ 这里原文是 gondola，在威尼斯是一只平底狭长、首尾耸，由舟子掌舵的游艇。

⑧ 邱璧特（Cupid）是古罗马神话里司恋爱的天神，相当于古希腊神话里的伊洛斯（Eros）；他是个调皮捣蛋的儿童，手里拿着弓箭随意乱射，眼睛是瞎的，被他射中了的青年男女即不可自拔地堕入情网。他的母亲是美与恋爱的女神维纳斯（Venus），相当于希腊神话里谈的爱芾罗妲祇（Aphrodite）。

第 三 幕

第 一 景

[威尼斯。一街道]

[萨拉尼奥与萨拉里诺上。

萨拉尼奥 却说，市场里有什么消息？

萨拉里诺 是啊，那里这传闻没有否定，说安东尼奥有一条满载的船在海峡里沉没了；他们管那地方叫古特温；是一处很危险的致命的浅滩，那儿好多艘巨舟的尸骸埋葬着，他们说，假使传闻是可靠的话。

萨拉尼奥 我但愿那传闻像一个啮啮糖姜、要她街坊们相信她为她第三个丈夫死去而哭泣的婆娘一样靠不住。可是那是真实的说法，没有啰嗦累赘的过误或要言不明的疏失，这位好安东尼奥，老实的安东尼奥——啊，但愿我有个够好的徽号来加在他名字前面！——

萨拉里诺 说呀，话没有说完。

萨拉尼奥 嚇！你说什么？唉，总的说来，他丢了一条船。

萨拉里诺 但愿这是他末了一次损失。

萨拉尼奥 让我及时叫“亚门”，否则魔鬼要掐断我的祷告，因为他装成一个犹太人的模样到来了。

［夏洛克上。

怎么说，哎，夏洛克！商人中间有什么消息？

夏洛克 你们知道，没有谁这么清楚，跟你们一样清楚，我女儿逃跑了。

萨拉里诺 那当然啰：我，拿我来说，便知道替她缝制她飞走的翅膀的那个裁缝。

萨拉尼奥 而夏洛克，对他来说，也知道她已经长好了羽毛；她们的态势是都要离开娘亲的。

夏洛克 为此她得下地狱。

萨拉里诺 那是必定的，假如魔鬼做她的判官。

夏洛克 我亲生的血肉反叛我！

萨拉尼奥 去它的，烂肉！这么大年纪还反叛？

夏洛克 我是说我女儿是我的血肉。

萨拉里诺 你的血跟她的，差别比黑肉和象牙还大；你们的血比普通的红酒和莱茵河名酒相差还大。可是，告诉我们，你听到过安东尼奥在海上有没有损失？

夏洛克 那是我又一桩倒霉事：一个破产家伙，一个浪荡子，他不敢在市场上露脸了；一个花子，素常到市场上来总穿戴得衣冠齐楚；让他注意那借据立约：他惯常骂我重利盘剥；让他注意那借据立约：他惯常放债凭基督徒的情意不收息金；让他注意那借据立约。

萨拉里诺 我说，要是他失约，我相信你不会要他的肉；那有什么用处？

夏洛克 作钓鱼用：假使不能喂别的，可以满足我的仇恨。他污辱了我，叫我吃亏五十万；耻笑我的损失，讥刺我的赢利，侮蔑我的种族，破坏我的买卖契约，泼我的朋友们冷水，扇我的仇家的火势；他可有什么道理？我是个犹太人。犹太人没有眼睛吗？犹太人没有手脚、器官、身材大小、感觉、情意、血性吗？跟一个基督徒不是吃同样的食品，用同样的刀枪可以伤害他，也同样会害病，用同样的药剂可以医治，同样的冬天和夏天可以使他冷和热吗？你若戳刺我们，我们不会出血吗？你若逗我们痒，我们不会笑吗？你若用毒药毒我们，我们不会死吗？而你若伤害我们，我们能不报复吗？要是我们在其他事情上跟你们一样，我们在某一件事上也跟你们相同。要是一个犹太人伤害了一个基督徒，那基督徒怎样表示他的谦让？报复。要是一个基督徒伤害了一个犹太人，根据基督徒的榜样，那个犹太人应当怎样表示他的宽容？报复，当然。你教给我的恶辣手段，我要来实行，并且要从严回敬。

[一仆人上。

仆　人　官人们，我主人在家，想请两位去谈话。

萨拉里诺　我们正在到处找他呢。

[屠勃尔上。

萨拉尼奥　他那种族里又来了一个：第三个再也找不到，除非魔鬼自己变成了犹太人。

[萨拉尼奥、萨拉里诺与仆人下。

夏洛克　怎么说，屠勃尔？热内亚有什么消息来？你找到了我女儿吗？

屠勃尔　我老是在她到过的地方听到人家说起她，可找不到她。

夏洛克　唉，该死，该死，该死，该死！一颗钻石完了，我在法兰克福花了两千金特格买进的！到现在诅咒才落到我们民族头上；现在我真正感觉到了：那里头有两千金特格；还有别的珍宝啊，珍宝。我但愿我女儿在我脚旁边死了，而那些宝石挂在她耳上！但愿她在我脚旁的棺材里，而那些金特格在她棺中！没有他们的消息吗？唉，就这样：我不知道为寻找他们，又花了多少：唉，你这损失上再加损失！贼偷了这么多走了，又花了这么多去找那个贼；可没有得到满足，得到报复；没有恶运气不是降在我这肩上的；只有我该悲叹，只有我该哭泣。

屠勃尔 不，别人也有倒霉的：安东尼奥，我在热那亚听说，——

夏洛克 什么，什么，什么？倒霉，倒霉？

屠勃尔 有一艘海舶丢掉了，从屈黎波里来。

夏洛克 多谢上帝，多谢上帝。真的吗，真的吗？

屠勃尔 我跟几个逃过触礁的水手讲过话。

夏洛克 多谢你，好屠勃尔：好消息，好消息！哈哈！在哪里？在热那亚？

屠勃尔 我听说，你女儿在热那亚一夜花掉八十块金特格。

夏洛克 你戳了我一刀：我再也见不到我的金元了：一下子就丢掉八十块！八十块金特格。

屠勃尔 有安东尼奥的几个债主同我一起到威尼斯，他们赌咒他非破产不行。

夏洛克 我高兴得不得了：我要磨难他；我要毒害他：我好不高兴。

屠勃尔 他们之中有一个给我看一只指环，是他用一只猴子向你女儿换来的。

夏洛克 去她的！你毒害了我，屠勃尔：那是我的土耳其蓝玉：是我还没有娶莉雅时她送给我的：就是漫山遍野的猴子，我也不肯去掉换。

屠勃尔 可是安东尼奥是一定完蛋了。

夏洛克 不，① 那是真的，那果真的确。去，屠勃尔，去替我找个官儿塞点钱；债据满期离现在还有两星期。我要挖他的心，要是他愆期破约；因为在威尼斯干掉了他，我能主宰整个买卖。去，去，屠勃尔，跟我在犹太寺里碰头；去，好屠勃尔；跟我在我们庙堂里相见，屠勃尔。

［各自下。

第 二 景

［贝尔蒙。宝喜霞邸内一室］

［跋萨尼奥、宝喜霞、葛拉希阿诺、纳丽莎与侍从上。

宝喜霞 务必请，滞留一些时；在冒险之前，
迁延一两天，因为，您若挑错了，
我将失去您的俦伴；故而，且暂慢。
我衷心感觉到，不过那不是爱情，
我不愿失掉您；而您自己也知道，
憎恶可不会作出这样的规劝。
但是，免得您对我的心情不了解，——
不过一个闺女不便说，只能想，——
在您为我冒险前，我要您逗留
一两个月的时间。我能教与您
怎样去挑选对，但那就违犯了誓言；
我可决不做：您这样许会失掉我：

而您若失去我，我将宁愿犯罪过，
甘心发伪誓。诅咒您一双俊眼，
它们望透我，我将分成了两半；
一半是您的，另一半也还是您的。
是我自己的，我要说；但如果是我的，
也就归了您，全都属于您所有。
啊，这个刁钻的时世泼无徒，
它把所有者和他的权利分隔开！
所以，虽然是您的，却不为您所有。
要证实这件事。让命运遭殃，不是我。
我说得太久了；但只为拖时间，增加它，
延伸它，推迟您的挑选。

跋萨尼奥 让我来挑吧；
因为我此刻，像在刑台上受逼供。

宝喜霞 拷问台，跋萨尼奥！那么，招供出
您那情爱中可杂有叛逆之思。

跋萨尼奥 没有，只除了那猜疑恐惧的逆念，
疑惧我一片真情不能得实现：
叛逆之思同我的情爱不相容，
正如雪花和火焰没亲交两不和。

宝喜霞 嗳，我怕您在拷问台上作供词，
在那里受不了逼供，就胡言乱语。

跋萨尼奥 答应让我活下去，我据实招供。

宝喜霞 好呗，招认了，活着吧。

跋萨尼奥 “招认”和“爱”
是我供词的全部：啊，这苦楚

多愉快，施刑人教了我解脱的答话！
但放我去面对命运和那些匣儿。

宝喜霞　那么去吧！我的像锁闭在一只匣里：
您若真爱我，您会找到我的像。
纳丽莎和其他众人，都站开些。
在他挑选时，将音乐鸣奏起来；
那样，倘使有错失，他将天鹅般
消逝在乐曲声中：为了使比喻
更确切，我一双泪眼好比是清流，
做他的水葬场。② 他也许会能得胜；
那时节音乐是什么？音乐便好比
忠敬的臣民面对新加冕的君主，
鞠躬致敬时那华章的普奏；
又像是黎明时分那悦耳的清音
送进正在好梦中的新郎两耳内，
催他起身行嘉礼。他此刻行进着，
真像年轻的大力神，丰采不相差，
只是满腔多情爱，当他去拯救
哀号的特洛亚居民献给海怪的
那童贞处女：我便是献祭的牺牲：
其他人站着好比特洛亚众妇女，
泪眼朦胧地，出来看这场壮举
结局如何。去吧，大力神赫居里！
您能活，我也能活着：您这番武功
使我比您更平添许多分惊恐。

［跋萨尼奥独自评定三只匣子时，乐声鸣奏。］

歌

告诉我爱情产生在何方，
出自头脑里，还出自心房，
它怎样生殖，又怎样育养？
　　回答我，回答我。
爱情的光焰在眼中点亮，
用凝视喂饲；但迅速消亡，
它的摇篮便是它的灵床。
　　让我们把爱的丧钟敲响；
我来开始敲——丁当，丁当。

众　人　丁当，丁当。

跋萨尼奥　故而，仅仅外表不见得是真相：
世人总会被表面的虚饰所欺蒙。
在法律地界，任何肮脏的辞讼，
只须用优雅的声音为它辩护，
哪能不隐晦罪恶的真情？宗教上，
哪一件恶毒的罪孽，不是貌似
端正，不能引经据典，曲为它
祝福、赞许，把酷烈用文饰来掩盖？
没有哪一桩邪恶简单而明了，
总在表面上装一点美德的标记：
多少个懦夫，他们的心假得像
黄沙垒成的梯子，他们下颏上
有赫居里斯和蹙额的玛斯[3]的须髯，
向胸中检视，他们的肝胆白得
像牛奶；这些都装出勇武的威仪，

使他们显得可畏！再纵观美貌，
须知那是用美人的庄重所购置；
它在赋有者身上形成了怪异，
使那些愈是美丽的愈显得轻飘：
在风中翩跹戏跃、蛇一般的金黄
鬈发在美人额上起着波纹皱，
往往是另一个头上的覆额金云，
原本的骷髅早已长眠在地下。
这样，装饰不过是诡诈的岸滩，
引人进极险的大海；或印度美人
一张美丽的面幕；一句话，它乃是
刁钻的时世用它来捕捉智者的、
那貌似的真理。故而，炫丽的黄金，
玛达斯的坚硬食物，我与你无缘，
也无取于你，人与人之间的奴仆，
苍白而下贱：可是你，贫乏的钝铅，
你有点威吓，可并不允许什么，
你这个苍白却比较雄辩更能
打动我的心；我就在这里挑选定：
让结果为我欢庆！

宝喜霞 ［*旁白*］所有其他的激情都烟消云散，
比如，狐疑的设想，莽撞的绝望，
战栗的恐惧，绿眼乜斜的忧虑！
啊，爱情，
温和些；把你的狂喜镇静些微；
节制你的欢快；减轻这么多过度。

我感受你的恩幸太多了：减少些，
因为我生怕饱餍。

跋萨尼奥 这里是什么？

［启铅匣。

美好的宝喜霞的画像！什么半仙，
这么接近了神创？这一双眼睛
在流盼？或许，映上了我的眼珠，
所以它们像在动？双唇微启着，
中间用蜜息分隔开：这样甜的横隔，
分开了这样甜的好友。在她鬈发里，
画师像蜘蛛，撒布了金网去捕捉
才郎们的心，比蛛网捉飞虫还快：
但她的眼睛，他怎能瞧得见去描绘？
画好了一只，它便会偷掉他一双
睛光，使那画好的不能成双。
可是，瞧吧，我这些赞美的言辞
多么低估了她这个倩影，正如同
这倩影远蹩在她的真像后面。
这是个纸卷，我命运的内容和概要。
［念］你挑选不凭虚华的外表，
选得果然真，取的机缘妙！
既然这美运对你这般好，
心满意足吧，休得去多跑。
要是你对此衷心感满意，
将你的美运当洪福天齐，
走到你这位美姣娘那里，

招纳她用深深一吻双喜。

温柔的纸卷。多美的姑娘，请允许；[吻她。]
我凭这小帖来对您给与和收取。
像两个比武力士之中有一名，
自以为他在众人眼里很高明，
听到喝彩声和普通的喧闹，
觉得神志眩晕，凝望着不知道
那些赞赏的欢呼是真或不是；
便这般，绝色的姑娘，我站着，在此，
对我所见的是否真实我怀疑，
要等证实，承认，批准了，经过您。

宝喜霞 您见我，跋萨尼奥公子，站在此，
不过是这样一个人：虽然为自己，
我不愿存任何野心，希望自己
更好些；可是，为了您我愿自己
好上二十倍加三番，一千倍更美，
一万倍愈加富有；
为在您心目中占有个居高的品第，
我愿在修德、美貌、生计、亲友等
各方面都迈越寻常；但我的一切，
不过如此，即一个没训诲的姑娘，
无学问，无经历；好在她年纪不大，
还能够受教诲；更亏她生来不愚鲁，
还能够勤学习，最幸运是她的生性
温顺，正好仰赖您的精神所指引，
以您作为她的良人、主政和君王。

我自己和我所有的如今变成了
您的和您所有的：在此刻以前，
我是这华堂宅邸的领主，我诸多
仆从的主人，我自己一身的女王：
可是就在此一刻，这现今，这宅院，
这许多仆从，以及我自身，都成为
您所有，夫君；我用这指环给与您；
它啊，如若您离开它，把它失掉，
或送给人家，就预兆您爱情毁灭，
我那时便有权对您扬声责怪。

跋萨尼奥 姑娘，您使我失去了我所有的言辞，
我的血只在我脉管里对您鸣响；
而我的灵机呈现出这样的混乱，
正如同，当一位很受爱戴的君侯
说完了他那篇优美的演讲以后，
欢愉的群众发一阵营营的兴奋；
其中每一桩什么，跟其他相混同，
变成了什么也不是的，只是欢乐
的洪荒，表现出或者未曾被表现。
但当这指环离开了这手指，生命
也就离开了这里边：啊，那就
可以大胆说，跋萨尼奥已经死！

纳丽莎 姑爷和姑娘，我们本来在一边，
眼见我们的心愿圆满得辉煌，
现在轮到了我们来欢呼庆贺：
贺你们团圞欢喜春，姑爷和姑娘！

葛拉希阿诺　跋萨尼奥公子，温柔的嫂夫人，
我愿你们有你们所愿有的欢喜：
因为我深知你们多，我决不会少：
当你们二位决定要什么时候
举行燕尔新婚礼，我请求你们，
我在那时节，也要完婚成燕好。

跋萨尼奥　我完全赞成，只要你能找到个妻子。

葛拉希阿诺　我感谢你仁君，你为我已找到了一位。
我这双眼睛能瞧得跟你一样快：
你看中主小娘，我瞧中她的小伴娘；
你爱得迅速，我同样也爱得爽朗。
懒散和间断对于你我都无缘。
你的命运仗赖在那只匣儿上，
我的也同样，经过情形就如此；
因为我在此求情说爱出大汗，
指天咒誓一直到喉舌尽干焦，
最后，如果允诺还算数，她答应
只要你能有运得到她主人，
我也能得到她的爱。

宝喜霞　　　　　　　　　　　真的吗，纳丽莎？

纳丽莎　姑娘，正是，如果您乐意这么样。

跋萨尼奥　那你，葛拉希阿诺，是诚心诚意的吗？

葛拉希阿诺　是的，当真，仁君。

跋萨尼奥　我们的欢宴将因你们的婚礼
而更加光荣。

葛拉希阿诺　我们跟他们打赌，先养第一个

男孩的赢得一千块金特格。

纳丽莎 什么，押下赌注吗？

葛拉希阿诺 不；我们要那玩意儿决不会赢，要是下着赌注。可是谁来到了？洛良佐和他的邪教徒吗？嗨，还有我的威尼斯老友萨勒里奥？

［洛良佐、絮雪格与萨勒里奥及一威城来的使者上。

跋萨尼奥 洛良佐和萨勒里奥，欢迎你们来；
我自己，也是新来乍到，若是我
有权欢迎你们来。经您的同意，
亲密的宝喜霞，我欢迎我的朋友
和同乡到此来。

宝喜霞 我也欢迎，夫君，
衷心欢迎他们来。

洛良佐 多谢阁下。我原先，公子，不是
想到这里来拜访；可是在路上
碰到萨勒里奥，他却是硬邀我
不容分说，同他一起来。

萨勒里奥 我确是
勉强他，公子；我有因由这么干。
安东尼奥舍人嘱咐我代致意。

［给跋萨尼奥一信。

跋萨尼奥 我在打开他这信之前，要请您
告诉我我的好友怎么样。

萨勒里奥 没有病，
公子，除了在心里；也不好，除了
在心里：那封信会告您他的真情。

葛拉希阿诺 纳丽莎，招待那位客人；欢迎她。

把手伸给我，萨勒里奥：威尼斯
有什么新闻？那位经商巨子
怎么样，慷慨的安东尼奥舍人？
我知道他会为我们的成功高兴；
我们是鉴逊，我们觅得了金羊毛。

萨勒里奥 但愿你们觅得了他失掉的金羊毛。

宝喜霞 那张柬帖上有招致烦恼的凶讯，
它引得跋萨尼奥脸色变苍白：
许因亲爱的朋友死掉了；否则
没有别的事能这么震撼一个
正常男子的身心。什么，更坏了！
允许我，跋萨尼奥；妻是夫之半，
我一定得知晓这张纸帖儿带给您
任何东西的一半。

跋萨尼奥 亲密的宝喜霞，
这儿有自来涂抹到纸上的最痛彻
人心的几句话！温良的姑娘，当我
最初面向您倾吐我爱慕的时分，
我坦白告诉您，我全部财富都在我
血管中流注，我是一个士君子；
当时我说的是实话：可是，好姑娘，
将我自己说成无财富，您须知
我却夸了多么大的口。我告您
我境况清贫时，我那时应当告您
我还比清贫远不如；因为，果真的，

我让我自己亏累了一位至友，
又叫这至友亏欠了他的仇家，
为替我筹款。这儿这封信，姑娘，
这纸张好比正是我至友的身体，
上面每个字都是开裂的创口，
流着生命血。真的吗，萨勒里奥？
他所有的投资全毁了？没一桩成功？
从屈黎波里、墨西哥、英格兰回来，
还有从里斯本、巴巴利、印度回来？
没有一条海舶逃过了那摧毁
商船的礁石的骇人撞击吗？

萨勒里奥 一条
都没有，公子。何况，事态显然是，
假使他有现款去打发犹太佬，
那家伙也不肯接受。我从未见过
一个家伙，样子像是人，深心里
却贪残狠毒得定要消灭人家：
他没早没晚促迫着公爵去执法，
并且诘责威尼斯城邦有没有
自由，倘使他们不给他行公道：
二十位大商家，公爵自己，还有
最负声望的显贵，都曾劝过他；
可是没有人能使他收回辞讼，
他坚持要求按立约处罚、执法。

絜雪格 我在家里时曾听得他对屠勃尔
和楚斯，他的两个同族人，发过誓，

说他宁愿有安东尼奥的身上肉，
不愿有二十倍借款那么多的钱：
我知道，贵公子，倘使法律、权威
和权力不能否定他的要求的话，
可怜的安东尼奥怕劫数难逃。

宝喜霞 您那位亲爱的朋友在这般遭难吗？

巴萨尼奥 我最亲爱的朋友，最温蔼的人，
一位品德真高超、极慷慨仁和，
肝胆照人的士君子，在他胸臆中
古罗马的光荣磊落精神辉耀得
比目今意大利任何人都更显焕。

宝喜霞 他欠那犹太人多大一笔款子？

巴萨尼奥 为了我，三千金特格。

宝喜霞 什么，只此吗？
还他六千块，把那债约撤销掉，
六千加一倍，那数目再翻上三番，
也休得叫这样人品的一位朋友，
因巴萨尼奥的过错少一根毛发。
先同我去到教堂里结成夫妇，
再就到威尼斯去看您的朋友，
如果怀着颗不安的心灵，您切莫
躺在宝喜霞身旁。您将有比那
些借款多上二十倍的金元
去还债：事完后，请您的至友同来。
我的这伴娘纳丽莎和我自己
将如闺女、孤孀般度着时光。

来吧，去来。今天，在新婚的吉日，
您就得离开：欢迎您几位朋友，
要显得心情欢快：我们这姻缘
既然出了这么多代价，我定将
对您更恩爱。让我听您的朋友
这封信。

跋萨尼奥 ［念信］挚爱的跋萨尼奥，我的船舶悉数出了事，我的债权人心怀残暴，我境况危殆，我对那犹太人的债务因失约必须受罚抵偿；既然我偿付后无法幸存，你我之间的债务就一笔勾销，我只盼能在临死前见你一面。虽然如此，要趁你高兴：若是你的爱侣不劝你来，别让我这封信劝你。

宝喜霞 啊，心爱的，把一切事办好，马上去!

跋萨尼奥 我既然有您的允许速即离开，
我便得赶快：但在我回来之前，
我将不在这里哪一张床上待，
您我来不及一块儿得到共休眠。

［同下。

第 三 景

［威尼斯。一街道］

［夏洛克、萨拉里诺、安东尼奥与狱卒上。

夏洛克 狱官，看住他：别跟我说什么仁慈；
这是个傻瓜，他出借款子不收息；
狱官，看住他。

安东尼奥 再听我一声，夏洛克。

夏洛克 我要执行那债券；不许反对它：
我已经发过誓，非照约实行不可。
你没有理由平白地骂我是条狗；
既然我是狗，要小心我的狗牙：
公爵一定会给我主持公道的，
你这个泼赖的狱官实在太糊涂，
经他的请求，放他出来这么走。

安东尼奥 我请你，听我说。

夏洛克 我要按立约实行，不听你的话：
我要按立约实行，故而莫多说。
我不会给弄成一个软心肠、
愁眉苦脸的傻瓜，摇头，发慈悲，
叹息着，对一些耶稣教仲裁人屈服。
别跟着；我不听瞎说：按立约实行。 ［下。

萨拉里诺 这是条人间最铁石心肠的恶狗。

安东尼奥 由他去，我将不再用不济的哀求
跟踪他。他要我的命；我知道那因由：
不少人失约还不出借款要籍没，
对我来诉苦，好多次我救了他们；
他因而恨我。

萨拉里诺 我信公爵决不会
维持这罚则。

安东尼奥 公爵可不能否定
这法律程序：因为通商的便利，
异邦人在我们威尼斯这里所享的，

若遭到否定，会损害它公道的令名，
而我们城邦的商业繁荣和富庶，
须指望诸邦众国。故而，且去吧：
这些悲伤、损失弄得我好衰弱，
只怕我明天身上匀不出一磅肉，
去满足我那个血腥债主的需要。
狱官，走吧。求上帝，让跋萨尼奥来
瞧我还他的债，我死也无所谓！

［同下。

第四景

［贝尔蒙。宝喜霞邸内一室］

［宝喜霞、纳丽莎、洛良佐、絮雪格与鲍尔萨什同上。

洛良佐 夫人，虽然我当着您的面说话，
您确有天神一般的亲仁高贵
而真诚的心；而在这件事情上
最显焕，您敦劝新婚的夫婿离家门。
可您若知道您对谁显示这尊荣，
对怎样一位高人君子施救助，
他是贵公子您外子多亲密的好友，
我知道您会更感到自豪，因做了
比通常的宽弘义举更高朗的事。

宝喜霞 我从来不曾行了义举而悔恨，
现在也不会。在知心的伴侣之间，

经常开怀偕畅叙，相处共朝夕，
彼此的灵魂承载着相同的爱慕，
他们定必在相貌、风采、精神上
有几分相同或相似；这使我想到
这安东尼奥舍人，我夫君的挚友，
定必同我的夫君差不多。倘如此，
我付出的代价就显得何等渺小，
去营救跟我的灵魂相仿佛的人，
脱离他那地狱般惨酷的遭遇！
但这太近于自我标榜的失态了；
故而不必再多讲：且谈些别的事。
洛良佐，我委托与您的执掌之中，
我这邸宅的管理和区处，直到
我夫君作回程：至于我自己，我对天
曾起过密誓，要以祈祷和冥想
度晨昏，只由纳丽莎一人伴随我，
待到她丈夫和我的夫君归来时：
离此间两英里有一所修道的庄院；
我们将在那壁厢居住。希望您
不要推拒我这一委任的负荷；
这是我的敬爱之忱和某种需要
所对您的恳托。

洛良佐 夫人，我一心奉命；
我将遵从您一切的清明指示。

宝喜霞 我的家人们都已知道我的意思，
他们都会接受您和大嫂絜雪格，

来代表跋萨尼奥贵公子和我。

祝你们平安，等到我们再见时。

洛良佐 愿美好的神思、欢乐的时刻相随护！

絮雪格 我愿您夫人一切都如意，祝万福。

宝喜霞 多谢你们的祝福，我愿把它们
回敬给你们：日后再见了，絮雪格。

［洛良佐与絮雪格同下。

我说，鲍尔萨什，
我一向知道你诚实可靠，所以
我指望你仍然如此。取了这封信，
尽你最大的能耐火速到帕度亚，
送交给我表兄培拉里奥博士；
注意，他将有什么柬帖和衣服
交给你，你接下便得飞快到渡头；
就乘上前往威尼斯的公共渡船。
别费时说话了，就走：我将赶先到。

鲍尔萨什 姑娘，我将尽快去赶路就是了。 ［下。

宝喜霞 来呀，纳丽莎，我手头有事你还
不知道：我们会见到我们的丈夫，
在他们能想到我们之前。

纳丽莎 他们
可会见到我们吗？

宝喜霞 会的，纳丽莎；
但我们将穿着那样的衣装，使他们
分辨不出我们的本来面目。
我跟你打怎样的赌都行，当我们

两人都装扮成了青年汉子时，
我将会是个出脱得更俊的人儿，
身旁佩着短剑更风采奕奕，
开腔说话时带着从少年转变为
成人的芦管声，把两个袅娜小步
并成一个踉跄男子步，说起斗殴来，
活像个吹擂夸口的郎君，还编些
离奇的谎话，说什么大家的贵千金
恋上了我了，我不要，她们便害了相思
而死去；我不能去要；我跟着后悔了，
倒愿意，虽然已如此，还是莫害得
她们死；我要撒二十个这样的谎，
于是人们将赌咒，说我走出
学校门不过一年多。我记着这些
吹牛子弟们上千个不更事的伎俩，
我要拿出来搬演。

纳丽莎 怎么，我们要
变成男人吗？

宝喜霞 呸，亏你问出来，
你倒几乎成了个淫荡的通事！
可是来吧，我在四轮马车里，那等在
邸园大门口，会讲给你听我整个
计划；故而，让我们快快上程途，
我们今天得要赶二十英里路。

［同下。

第 五 景

［同前。花园内］

［朗斯洛忒与絮雪格上。

朗斯洛忒 是的，当真；因为，你瞧，老子的罪孽会下落到孩子们身上：所以，我管保你逃不了要遭殃。我一向跟你说老实话，所以现在同你讲了替你担忧的事：所以开怀吧，我确是认定你会进地狱。只有一个希望对你或许能有利；不过那只是不正当的希望。

絮雪格 那是个什么希望呢，请问？

朗斯洛忒 凭玛丽，你可以有点希望，就是你父亲没有生你出来，你不是那犹太人的女儿。

絮雪格 那倒真是个不正当的希望了：不过那样一来我妈的罪孽就要落到我身上了。

朗斯洛忒 真的，我就怕你会给你的爸和妈一块儿镇到地狱里去：便这样，避开了锡拉，你父亲这块大礁石，却给卷进了却列勃迪斯④你母亲这个大漩涡里去：好，你从两方面都不得超生。

絮雪格 我将因我的丈夫而得救；他把我变成了个基督教徒。

朗斯洛忒 真是，他这下子可罪责难逃：我们基督教徒原本是够多的了；多到已经满满的，还好活得下去，这个挨着那个的。这么增添基督教徒会叫猪肉涨价；倘使我们都成了吃猪肉的，不久我们会出了钱买不到一片煎咸肉哩。

絮雪格 我要告诉我丈夫，朗斯洛忒，你说的是什么话；他来了。

［洛良佐上。

洛良佐 我不久要对你吃起醋来，朗斯洛忒，你若这样将我妻子挤到壁角里去。

絜雪格 不，你不用害怕，洛良佐：朗斯洛忒跟我在吵架。他干脆跟我说，上天不会给我仁慈，因为我是个犹太人的女儿；他又说，你不是个咱们国家的好公民，因为你把犹太人变成了基督教徒，你叫猪肉涨了价。

洛良佐 为那件事我能对国家答话，要比你为弄大那黑姑娘的肚子能对国家答话，容易得多哩：你叫那摩阿女孩儿怀了孕呢，朗斯洛忒。

朗斯洛忒 那个摩阿女的肚子里多那么一层道理，固然是多哩：可是她若是个不怎么规矩的娘们，她才果真是出乎我的意料之外。

洛良佐 怎么每一个呆子都会嚼舌头贫嘴！我想过不了多久，聪明才智的最好风致将会沉默了，而说话只对于鹦鹉才是可以赞许的。你去！那么，要他们准备开饭吧。

朗斯洛忒 那已准备好了，您家；他们都有好胃口。

洛良佐 老天爷，你这巧舌如簧的家伙！那就让他们准备饭菜。

朗斯洛忒 那也准备好了，您家；只要说一声“铺上”⑤就是。

洛良佐 那么，你就铺上吗，您家？

朗斯洛忒 不敢，您家；我懂得礼貌。⑥

洛良佐 还是那么咬文嚼字贫嘴！你是要在顷刻间把你全部的聪明才智都使出来吗？我关照你，要懂得一个老实人说他的老实话：去跟你那些伙伴们讲，要他们把桌子铺上，把肉端出来，我们要进来吃饭了。

朗斯洛忒 桌子，您家，是要摆上的；肉，您家，是要端上的；关于您进来吃饭的事，您家，唔，让它由兴致和奇想去决定吧。 ［下。

洛良佐 啊，慎思明辨，他的话多机灵！
这丑角在他记忆里配备了多么
齐整的一套字眼；而我也知道，
有许多丑角，比他站得地位高，
修饰得同他一个样，胡扯起来
叫人什么也不懂。你怎样，絮雪格？
现在，心爱的好人儿，且说说你觉得
跋萨尼奥公子这新娘怎么样？

絮雪格 好到说不尽。依我看，真是该这位
跋萨尼奥贵公子品德两高超；
在他这媳妇身上天恩这般大，
他简直在地上享着天上的洪福；
而若在地上他不求⑦这一份天恩，
按理他将来会要上不了天堂。
嗨呀，假使有两位天神去赌赛，
当作赌注，押两个人间的女子，
一边押上了宝喜霞，那一边就得
另押上一位女娘，因为这可怜
寒伧的人世间没她的对手。

洛良佐 我便是
你的这样个丈夫，正如她是个妻。

絮雪格 且慢，也来问问我有何意见。

洛良佐 我就要问你：首先，让我们吃饭。

絮雪格 且慢，在我还有胃口时称赞你。

洛良佐　　且不，请你，我们一边吃，一边谈，
那时候，不论你怎样讲，我都可以
吞下去一起消化。

絜雪格　　好吧，我来讲。

［同下。

第三幕　注释

① 原文这里是“Nay”，意思是“不”、“不是”或“不对”。莎士比亚的作品，自十八世纪初经 Pope，Johnson 等人编订注解以来，经过两百七十年共八十位左右英、德、美三国学者研究校勘，到现在可说已经大定，虽然还有若干未能解决的问题。但是像这里的“Nay”可以肯定地说，绝不是“Yea”（“是”、“是的”或“对了”）或“Yes”之误。夏洛克应说“Yea”可是他兴奋过度，出言颠倒，把应说正面的用意错说成了反面的，显得可笑。一九七七年十二月和一九七八年四月人民文学出版社出版的第一版和第二次印刷的朱生豪译本《威尼斯商人》（方平校）把原文这里的“Nay”在译文中纠正为“对了”乃是个大错误，说明没有懂得作者的用意，闹了个笑话。

② 相传天鹅临死时在流水上方不断飞翔哀鸣，终于堕入水中而死。

③ 玛斯（Mars）系古罗马神话里的战神，面容威武。

④ 锡拉（Scylla）是地中海在意大利 Messina 海峡里的岩礁，却列勃迪斯（Charybdis）是那里的一个大漩涡。意思是左右为难，没有生路。

⑤ 原文 cover（铺上）是说铺上桌布，摆好刀、叉、匙、碟等餐具。

⑥ 原文 cover 在这里是同一个字用作另一意义，即戴帽。在尊长或主人面前不戴帽，如果本来戴着的也应当脱掉，以示尊敬，

⑦ 这里，据 Clark 与 Wright 之《威廉·莎士比亚全集》本三幕五景八二行注，原文 mean 解作 aim at。

第四幕

第一景

［威尼斯。一法庭］

［公爵，众显贵、安东尼奥、跋萨尼奥、葛拉希阿诺、萨勒里奥及其他人等上。

公　爵　什么，安东尼奥在这里吗？

安东尼奥　有，回贵爵阁下。

公　爵　我为你扼腕；你来跟一个狠心肠
对造对答，一个没怜悯、空无
一点儿仁慈，不近人情的恶汉。

安东尼奥　我听说阁下已费尽心思去缓和
他的凶横；但既然他顽固不化，
又无合法的手段可救我逸出他
怨毒的罗网，我只能用忍耐对付
他那股狂怒，以镇静的精神自卫，
去忍受他的残暴，他那阵疯魔。

公　爵　下去一个人，传那犹太人上庭来。

萨勒里奥　他在庭门口等着：他来了，贵爵。

［夏洛克上。

公　爵　让开些，容他站立着面对我们。
夏洛克，人们这么忖，我也这么想，
你只是故意装这副凶恶的态势，
直到那最后关头；这下子都以为，
你会显你的仁慈和恻隐，这却比
你那表面上的残酷更出人意外；
到现在你虽然坚持要照约处罚，
宰割这可怜的商家身上一磅肉，
可是在最后，你将不仅放弃掉
那处罚，还因为受到人情的恺悌
和仁爱所感动，让掉一部分本金；
你会用怜悯的眼光看他的亏耗，
这些近来都不断乱堆到他背上，
足可把一个巨商压倒在地上，
使黄铜的胸怀和燧石的心肠，
使刚愎的土耳其、剽悍的鞑靼犷蛮，
他们从不知什么温存慈惠，
也会对他的际遇起哀怜和恻隐。
我们都指望你有个和蔼的回答。

夏洛克　我已经对贵爵陈明了我的决心；
凭我们的神圣安息日我已发过誓，
必得要我应得的、照约的处罚；
如果您不准，就会有危难降落到
你们的宪章和城邦的自由风貌上。
您会问起我为什么宁愿有一磅
腐烂的臭肉，而不要三千金特格：

我不作答复：只是说，是我的性癖：
这是否回答了？假使我家里有只
耗子，我高兴花上一万金特格
把它毒死，怎么样？是否答复了？
有些人不爱瞧一只张口的猪仔；
有些，瞧见一只猫会勃然大怒；
又有人，听到了风笛在哼哼鸣响，
会不禁流小便：因为爱憎和喜怒，①
激情的主宰，指挥着它的意趣，
全凭一个人的好恶。关于您的答复：
没有什么稳固的理由可以举，
为何有人受不了张口的那只猪，
为何有人听不得套毛布的风笛声，②
而要无可奈何地显出丑态来
惹恼人家，当他自己遭惹恼时；
故而我不能举理由，也不想揭举，
除了对安东尼奥我心中怀宿恨
和深固的憎恶，所以要对他进行
这无益的诉讼。我是否答复了您？

跋萨尼奥 这不是答复，你这无情的铁石人，
它不能为你那残酷的行径辩解。

夏洛克 我所举的回答毋须讨你的欢喜。

跋萨尼奥 人们是否把不爱的东西全杀死？

夏洛克 是否一个人，他恨的东西不愿杀？

跋萨尼奥 每一桩触犯开头并不是仇恨。

夏洛克 什么，你要一条蛇第二次咬你吗？

安东尼奥　我请你，要考虑跟这犹太人讲理：
倒不如去到海滩上伫立着，
叫大海的洪波减低它惯常的高度：
你倒还不如去跟那贪狼问询，
为何它使羊羔咩咩地叫母羊；
你倒还不如去禁止山上的松林
摇曳它们的高枝，不许发喧响，
当它们被阵阵天风不断打扰时；
你这是要作世上最艰难的事，
来劝这犹太人变软他的心，——有什么
比它更加硬？——故而，我恳切要求你，
别再向他提商议，为我想方法，
而要以完全爽快又简单的利便，
让我受宣判，让犹太人逞他的意志。

跋萨尼奥　还你的三千特格，这里有六千。

夏洛克　假使你那六千特格的每一块
都分成六份，每一份都是个特格，
我也不能接受；我只要执行立约。

公　爵　你这样寡情，怎么能希望得仁慈？

夏洛克　我没有做错事，有什么裁判可怕？
在你们中间有不少买来的奴隶，
他们跟你们的狗马驴骡一样，
你们待遇得好不鄙贱而卑微，
因为是你们购置的：我是否说道，
让他们自由，跟你们的子女婚配？
为什么他们在重负下流汗？让他们

睡在同你们一般软的床上，吃喝
同样美味的食品？你们会回答，
“这些奴隶是我们的”；我同样回答你：
我向他要的这磅肉是出了高价
买来的；这是我的，我一定得有它。
你们若不给，你们的法律就完蛋！
威尼斯的法令被宣告没有效力。
我要求判决：回答我；给我，不给？

公　爵　凭我的权力，我可以停审缓判，
除非有培拉里奥，一位法学界
宏儒，我曾延请他到此来定案，
今天能出席。

萨勒里奥　报贵爵，庭外有一名
使者来自帕度亚，送博士的信件。

公　爵　把信件交上来；叫使者来到庭上。

跋萨尼奥　且安心爽快吧，安东尼奥！什么，
老兄鼓起勇气来！这个犹太人
须得有我的血肉、骨骼和一切，
在你要为我流一滴血之前。

安东尼奥　我是羊群里一头有病毒的羯羊，
最该去死亡：最孱弱的果子最早
坠落到地上；故而让我也这样：
你不能做更好的事，跋萨尼奥，
除了还活着，去写我的墓志铭。

［纳丽莎饰一律师的书记上。

公　爵　你从帕度亚来吗，从培拉里奥处？

纳丽莎 正是的，贵爵。培拉里奥向阁下

致问候。 [呈一信件。

跋萨尼奥 为什么把刀子磨得这么急？

夏洛克 要割那破产的家伙身上一磅肉。

葛拉希阿诺 不是在你鞋底上，残酷的犹太人，

而是在你灵魂上，你磨砺你的刀；

可是再没有镔铁或精钢，没有，

即使是刽子手的行刑斧头也没有

你那锋利的恶毒一半那样

凶残又酷烈。什么祈求也穿不透？

夏洛克 不行，不论你说得多巧妙也不成。

葛拉希阿诺 啊，你这只准打入地狱、没法去

诅咒的恶狗！你能活在这世上，

得叫公道被控告。你几乎使我

动摇了信仰，跟毕撒哥拉斯③一起，

认为畜生的灵魂注入了人躯干；

你那恶毒的幽灵原管着一条狼，

那凶狼因杀人被绞死，绑在绞架上，

凶魂逃失时正值你躺在你那

肮脏的母体里，它就注入你身躯；

因你的欲望正像狼，极凶残、贪婪。

夏洛克 除非你能把借据上的印章骂掉，

你这样叫嚷只能把你的肺来伤：

保养你的心智，好少年，否则它会要

损毁破灭掉。我要求法律裁决。

公　爵 培拉里奥这封信介绍了一位

年轻而博学的宏儒到我们庭上。
他在哪里？

纳丽莎　　他就在外边等候着，
听您的回音，是否让他上庭来。

公　爵　我一心欢迎。你们出去三四人，
延请他到庭上来。同时，这庭上
且聆听培拉里奥的这封来信。

书　记　［念］贵爵可以了解到，当接奉来书时，我病患很深：但正值贵介到来时，罗马有一位年轻博士正宠临舍下；他的高名是巴尔萨什。我告知了他那犹太人和商人安东尼奥之间发生的案情：我们遍查了许多典籍：他具有了我的见解；敝见再加上他自己的学问，其博大宏深我无法充分赞赏，他携带着，经我的恳请，来替我满足您阁下的要求。我至希他年事不高不会成为他得不到崇敬尊重的故障；因为我从未见到过这样少年老成之士。我推举他给阁下亲仁的雅顾，他的才学智慧实非过誉之辞。

公　爵　你们听到了博学的培拉里奥，
他写的是什么，而现在，博士来了。

［宝喜霞上，扮一法学博士。

请将手给我。您是从培拉里奥
老法曹那里来的吗？

宝喜霞　　正是，阁下。

公　爵　欢迎您：请就位。您是否已知道庭上
关于现在这讼案的争执意见？

宝喜霞　我已经熟知这案子的一切情实。
这里谁是那商人，谁是那犹太人？

公　爵　安东尼奥和犹太人，站上来。

宝喜霞　你可是名叫夏洛克?

夏洛克　　　　　　　　我叫夏洛克。

宝喜霞　你进行的诉讼性质显得奇怪；
可是按常规，威尼斯的法律不能
对你提出异议，当你起诉时。
你的安全被他所危及，是不是?

安东尼奥　哦，他是这样说。

宝喜霞　　　　　　　你承认借约吗?

安东尼奥　我承认。

宝喜霞　　　　那么，犹太人一定得仁慈。

夏洛克　根据什么我要被强制?告诉我。

宝喜霞　仁慈的性质不含有任何勉强，
它好比甘雨一般从昊天下降到
人间地上：它双双赐福于人们；
施与者既得福，受惠者同样承恩：
它是最有权力者的最高权能：
它比王冕更适合于在位的君王；
王仗显示出人间权位的威力，
起敬畏和威严的表征，其中寓有着
对于君王们的畏惧和惶恐；但仁慈
却超越这个执掌王仗的权势；
它在君王们的心房里头登极，
它乃是上帝自己的一个徽征；
而人间权力会显得像是神权，
当仁慈调和着公道。故而，犹太人，

虽然你兴讼的要求是公道，
请考虑这点，就是，按公道的常理，
我们没有人将能得拯救：我们
都祈求仁慈，而这一祈祷就教
我们大家都去做仁慈的善行。
我说了这么许多来缓和你这件
诉讼所要求的公道：可是你如果
只追求这个，威尼斯这严谨的法庭
一定得对被告那个商人宣判。

夏洛克 我的事我自己承当！我要求执法，
照我这债券施行违约的处罚。

宝喜霞 他是否不能清偿欠你的款子？

跋萨尼奥 是啊，这里我替他在庭上归还；
是啊，这数目的两倍；如果还不够，
我负责付还此数的十倍，再失约，
处罚将是我的手、我的头、我的心：
如果这样还不够，那定必显得
恶意压倒了真理。我对您恳求，
将法律扭捩到您的权威之下：
为了做一件大好事，做一点小错，
控制这残酷的魔鬼，使他不得逞。

宝喜霞 决不能这样做；威尼斯城邦没人
有权能改变一项既定的律令；
这会变作个成了存案的先例，
跟着许多错误就援引这例子
将会涌进国事中：不能这样做。

夏洛克 一位但尼尔裁判了！啊，但尼尔！
年轻明智的法官，我多么崇敬您！

宝喜霞 请您给我瞧一瞧这一张借约。

夏洛克 在这里，最尊敬的博士，就在这里。

宝喜霞 夏洛克，有你款子的三倍还你呢。

夏洛克 发过誓，发过誓，我曾对天发过誓：
我难道叫我的灵魂毁誓而犯罪吗？
不行，整个威尼斯都给我也不成。

宝喜霞 是呀，按借约是该处罚的；据此，
犹太人可依法要求一磅肉，由他
割自最靠近这商人的心脏所在处。
放仁慈些吧：收下三倍的钱数；
叫我撕掉借约吧。

夏洛克 须待根据
借约的规定付清了之后。看来
您是位严正的法官；您通晓法律，
所作的解释也极为确当；我请您，
您乃是应受尊崇的法界的栋梁，
我依据法律的名义，请您就进行
宣判：我凭我的灵魂发誓，决没有
人的喉舌有力量改变我的决心：
我现在立等要执行立约。

安东尼奥 我也
诚心请堂上宣判。

宝喜霞 那么，就这样：
你须得准备把胸膛迎接他的刀。

夏洛克　　啊，高贵的法官，英杰的年轻人！

宝喜霞　　因为法律的用意和目的完全
符合这处罚，且已在约上到期。

夏洛克　　非常正确：聪明又正直的法官！
您比您的相貌更要老成多少！

宝喜霞　　故而就袒露你的胸膛。

夏洛克　　　　　　　　　　是啊，
他的胸膛：约上这么说：是不是，
高贵的法官？“最靠近他心脏”，正是
这几个字儿。

宝喜霞　　　　　　　是这样。备好了天平
秤称肉吗？

夏洛克　　　　　我备好在此。

宝喜霞　　夏洛克，由你去请一位外科医生，
去堵住创口，免得他流血致死。

夏洛克　　借约里这样讲到吗？

宝喜霞　　　　　　　　　　没这样表明：
但那有什么关系？为慈悲你做
这么点，乃是件好事。

夏洛克　　　　　　　　　　这我找不到；
合约里没有写。

宝喜霞　　　　　　　　商人，你有什么话？

安东尼奥　不多：我已有准备，充分预备好。
将手伸给我，跋萨尼奥：祝平安！
别为我因替你出力受累而伤心：
因为在这件事上命运显现得

比她素常时较温存：她经常惯于
使堕入悲惨的苦难人遭到穷迫，
以凹陷的双目、皱蹙的眉宇苦度
老年的穷困，从这样的惩罚，迁延
而愁苦，她将我一举割除得爽利。
为我向光荣的新婚嫂子致意：
告诉她安东尼奥临终时的经过；
诉说我怎样爱你，又怎样从容
就死；待事故讲完后，要她作评断
说跋萨尼奥曾否有个真心
好友。莫懊丧你将失去这好友，
他也不懊丧他为你还债而丧生；
因为假使犹太人切得足够深，
我将顷刻间用我的全心作清偿。

跋萨尼奥 安东尼奥，我娶了一位好妻子，
她对我来说同生命一样珍惜；
但生命本身，我的妻，这整个世界，
我珍惜他们，并不过于珍惜你：
我宁愿失去这一切，嗳，牺牲掉
他们给这个魔鬼，来将你拯救。

宝喜霞 您妻子不会为了这句话感谢您，
假使她在旁，听您表这个心愿。

葛拉希阿诺 我有个妻子，我发誓我是爱她的：
我宁愿她此刻在天上，可以祈求
上帝去改变这条恶狗犹太佬。

纳丽莎 幸亏您在她背后作这样的献辞，

否则这愿望会叫您的家不安宁。

夏洛克 这些个就是基督教徒的丈夫了。
我有个女儿；但愿巴拉巴④的子孙
是她的丈夫，也不要个基督教徒。
我们在浪费时间：我请您，就宣判。

宝喜霞 那商人身上的一磅肉归你所有：
这庭上判给你，法律给与了你。

夏洛克 极公正的法官！

宝喜霞 而你须得在他胸膛上割这肉：
法律允许这么办，这庭上判给你。

夏洛克 极博学的法官！判决了！来，预备！

宝喜霞 等一下；还有一些别的事。这借约
在此绝没有给你一点血；写明的
只是“一磅肉”：那么，按照这借约，
取你的这一磅肉；但割时若流了
这基督教徒的一滴血，你的地皮
和财货，按威城法律，要充公作为
威尼斯城邦所有。

葛拉希阿诺 啊，正直的法官！你瞧，犹太人：
啊，博学的法官！

夏洛克 法律是那样吗？

宝喜霞 你自己可以去查明法令；因为，
既然你坚持公道，要保证使你
能得到公道，超过你所愿有的。

葛拉希阿诺 啊，博学的法官！你瞧，犹太人；
一位博学的法官！

夏洛克 那么，我愿意
接受这提供；付给借约的三倍，
让这个基督教徒去。

跛萨尼奥 钱在这里。

宝喜霞 待一下！
这个犹太人得有全部的公道；
待一下！别着急：什么也不得给他，
只除是罚给他所有的。

葛拉希阿诺 啊，犹太人！
一位正直的法官，博学的法官！

宝喜霞 故而，预备好去割肉。你不得流血，
也不得少割或多割恰好一磅肉：
要是你多割或少割恰好一整磅，
只要分量上轻一点或者重一点，
相差只小小一分的二十分之一，
唔，天平上只相差头发丝那样
一丁点，你就得死，你全部的财货
要充公。

葛拉希阿诺 但尼尔再生，但尼尔，犹太人！
现在邪教徒，我可是把你压倒了。

宝喜霞 为什么这个犹太人踌躇？把罚给
你的东西拿去吧。

夏洛克 把我的本金
还给我，让我去吧。

跛萨尼奥 我已经把钱
为你预备好；这里就是。

宝喜霞　　　　　　　　　他在
公开法庭上已经拒绝了还的钱：
他只能有他的公道和他的借约。

葛拉希阿诺　一位但尼尔，我说，但尼尔再生了！
多谢你，犹太人，你教会我说这话。

夏洛克　我光是拿回本金都不行不成？

宝喜霞　除了罚给你的东西，什么也不能
给你有，而你为取得它便得冒险。

夏洛克　那么，魔鬼给他去保有这款子吧！
我不再在此供审问。

宝喜霞　　　　　　　　且慢，犹太人；
法律对于你另外有一项规定。
根据威尼斯所制定的一条法令，
假使对于一个外邦人经证明，
他以直接的或者间接的企图，
要谋害任何个本邦公民的生命，
那个他企图谋害的一造能取得
他财产的一半；另一半没入公库；
犯罪者的生命则撇开其他意见，
取决于公爵的仁慈。在这困境里，
我说，你正好已陷入；因为情况是，
根据明显的进程，你直接间接
已经谋害了这个被告的生命；
你是招致了我上面所说的危难。
故而跪下来，求公爵对你开恩。

葛拉希阿诺　恳求你可以被准许吊死自己；

可是你如今财产已经充了公，
你简直没有钱来买一根吊索；
因而你须得花国家的钱来行绞。

公　爵　为使你见到我们精神的不同，
我在你请求之前赦免你的死刑；
你财产的一半，归安东尼奥所有；
另一半没入公库，你若是肯虚怀
而谦逊，可改成罚款。

宝喜霞　　　　　　　　　　哎，那一份
公家的，安东尼奥这一份可不能。

夏洛克　不用，把我的生命和一切全拿去：
不必宽恩：你们拿走了支撑
我房子的支柱，就拿走了我的房子；
你们夺去了我安家活命的因由，
就剥夺了我的生命。

宝喜霞　安东尼奥，你能对于他施什么
仁慈？

葛拉希阿诺　　　送给他一根绞索；千万
不能给别的。

安东尼奥　　　　　　公爵阁下和堂上
如今宽免了把他一半的财产
充公，我觉得安心；他将让我把
其他一半来使用，待到他死后
我把这给那个最近同他女儿
出奔的士子：此外还有两件事，
就是为感谢这恩情，他立即成为个

基督教徒；还有，他在这庭上
立下愿，将他死后的一切遗产
遗赠给他的女儿和女婿洛良佐。

公　爵　他必须这么办，否则我就要
取消我刚刚在这里宣布的宽宥。

宝喜霞　你可满意吗，犹太人？你怎么说？

夏洛克　我满意。

宝喜霞　书记，立一张赠产业的文据。

夏洛克　请你们允许我退庭；我身体不好：
把文据送给我，我将在上面签字。

公　爵　你可以退庭，可是得签字。

葛拉希阿诺　你在
受洗礼的时候，须得有两位教父：
我若是法官，你还得多加上十位，
不是为你受洗，是送你上绞架。

［夏洛克下。

公　爵　阁下，我请您到我家里去便餐。

宝喜霞　我敬请阁下多多原谅：我今夜
必须赶往帕度亚，而正该现在
就出发。

公　爵　我很可惜您时间不许可。
安东尼奥，对这位君子表感谢，
因为，据我想，你多亏有他救助。

［公爵率随从下。

跋萨尼奥　最可尊贵的君子，我和我的朋友，
经你的明智，今天得以解脱了

可悲的刑罚；为表示我们的感荷，
这三千特格，原本负欠于犹太人，
我们敬奉给阁下，报谢您的辛劳。

安东尼奥 我们还负欠深深，远不止此数，
感恩而戴德，绵绵永没有终期。

宝喜霞 能得到衷心满意是最好的酬佣；
而我，解救了你们，就感觉满意，
在这件事上已得到充分的报偿：
我的心智从没有谋利的意图。
请两位以后再次见我时认识我：
祝你们安康，我即此向两位告别。

䟦萨尼奥 亲爱的阁下，我定得再对您请求：
向我们取一点纪念品，作为敬礼，
不作为酬谢：务请答应我两件事，
不要拒绝我，要对我曲加原谅。

宝喜霞 你们情意太殷勤，我只好从命。
［对安］将手套给我，我将戴它们纪念你；
［对䟦］为了你的爱，我要取这枚指环：
别把手缩回去；我不要什么别的了；
你一片情意，当也不会拒绝我。

䟦萨尼奥 这指环，好台驾，啊也，它太不值钱！
我不屑把它来奉赠给您阁下。

宝喜霞 我什么也不想要，只是要这个；
现在我想我倒是很着意能有它。

䟦萨尼奥 这指环本身，倒不在它值价多少。
威尼斯最贵重的指环我要给您，

我要出招告遍访这城邦去探寻：
只是这一枚，我请您，要对我原谅。

宝喜霞 我见到，阁下，您提出给与时很慷慨：
您先是教我来乞讨；现在则我想
您教我，一个乞丐该怎样去回绝。

跋萨尼奥 仁君，这指环是我妻子给我的；
她戴上我这手指时，她要我发誓，
我决不将它卖掉、给掉或失掉。

宝喜霞 那推托好给许多人来吝惜赠礼。
假使您妻子不是个发疯的女子，
且知道我多么该当有这枚指环，
她不会永远对您心存着敌意，
因为您给了我。好吧，祝你们平安。

［宝喜霞与纳丽莎下。

安东尼奥 跋萨尼奥贵公子，请给他这指环：
望顾念他的大功，加上我的爱，
违犯一次新大嫂的阃闱命令吧。

跋萨尼奥 葛拉希阿诺，你去，将他追赶上；
给他这指环，且你若能够，请他到
安东尼奥家里来：去啊，要赶快。

［葛拉希阿诺下。

去来，你同我一起到你家里去；
明晨一清早我们飞往贝尔蒙：
来吧，安东尼奥。 ［同下。

第二景

［同前。一街道］

［宝喜霞与纳丽莎上。

宝喜霞 打听出犹太人的家，给他这文据，
要他画上押：我们今夜就赶路，
能够比我们的丈夫早一天到家：
这文据洛良佐看到，准是很高兴。

［葛拉希阿诺上。

葛拉希阿诺 俊美的学士，我正好将您追赶上：
我们的跛萨尼奥贵公子考虑后，
将这枚指环奉送给阁下，还邀请
光临作餐叙。

宝喜霞 餐叙恕不能奉陪：
他这枚指环，我衷心感谢收下了：
请您就这样回报他：还有一件事，
请您指给我这小弟，夏洛克的家。

葛拉希阿诺 这由我来办。

纳丽莎 主座，我有话跟您说。
［对宝作旁白］我来试试把丈夫的指环弄到手，
我曾使他起过誓，永远不丢离。

宝喜霞 ［对纳作旁白］我信你能够，我们将听到赌咒
发誓，他们所送给指环的是男子，
但我们将胜过他们，比他们赌得凶。

［高声］去吧，赶快：你晓得我将在哪里。

纳丽莎　来吧，士子，可能指给我他的家？　［同下。

第四幕　注释

① 原文 affection 据 Clark 与 Wright 说，系指外物通过五官所产生的情感。

② 毛布是套在这种苏格兰乐器的风袋上的羊毛纺织物。

③ 毕撒哥拉斯（Pythagoras，前 582—前 500）：创立灵魂轮回说，认为人死后转世可沦为野兽，而野兽在下世亦可转为人。

④ 巴拉巴（Barrabas）是被罗马总督 Pontius（Pilate）把他与耶稣同时逮捕的一个犹太强盗，本来也要钉上十字架，后来得到赦免，而耶稣则否，钉上了十字架。

第五幕

第一景

［贝尔蒙。通至宝喜霞邸宅的林荫路］

［洛良佐与絮雪格上。

洛良佐 月色好光明：在这样一个夜晚，
当和风轻轻地吻着丛丛的树木，
它们默然无声息，在这样的夜晚，
特洛壹勒斯登上特洛亚城墙，
面对希腊军的营幕，想念寄身在
那里的克瑞西，发出他心魂的悲叹。

絮雪格 在这样一个夜晚，昔斯皮惊心地
踩着露水赴幽会，不见情人见一只
狮子的影子而慌忙逃避。

洛良佐 在这样
一个夜晚，丹陀手持着柳枝，
站在荒凉的海滩上，招她的情人
回来到迦太基。

絮雪格 在这样一个夜晚，
美狄亚采集了神灵的仙草，使伊宋

从衰朽回复到年少。

洛良佐 在这样一个
夜晚，絮雪格从犹太富翁家出奔，
跟一个不成材的情郎，打从威尼斯
直逃到贝尔蒙。

絮雪格 在这样一个夜晚，
年轻的洛良佐发誓说是很爱她，
赌了好许多咒誓，偷了她的灵魂，
可没有一个是真的。

洛良佐 在这样一个
夜晚，美丽的絮雪格像个小泼妇，
诽谤她的情郎，他却原谅了她。

絮雪格 要是没人来，我能赛过你，唱彻
这夜宵；可是，你听，有人的脚步声。

［斯丹法诺上。

洛良佐 谁在这个静夜里来得这么快？

斯丹法诺 一个朋友。

洛良佐 一个朋友！是什么朋友？请问你，
朋友，你名叫什么？

斯丹法诺 叫斯丹法诺；
我来报个信，我家女主人天明前
将来到贝尔蒙；她在圣迹灵碑间
盘桓了一两天，祈求祝祷她新婚
燕尔多幸福。

洛良佐 谁和她一同回家来？

斯丹法诺 没别人，只有修道士和她的伴娘。

请问您，主人家已经回来了没有？

洛良佐 他还没有呢，我们还没他的消息。
可是，我们里边去，请你，絮雪格，
让我们安排一些礼仪，预备
欢迎这邸宅的女主人。

［朗斯洛忒上。

朗斯洛忒 索拉，索拉！喔哈，霍！索拉，索拉！

洛良佐 谁在那儿嚷？

朗斯洛忒 索拉！您见到洛良佐郎君不成？
洛良佐郎君，索拉，索拉！

洛良佐 别那么嚷嚷，人儿：在这里。

朗斯洛忒 索拉！哪里？哪里？

洛良佐 这里。

朗斯洛忒 告诉他，我家主人派个人儿带了一兜子好消息来啦：
我家主人天明前要到这儿的。 ［下。

洛良佐 好心肝，我们进去，等他们回来吧。
可是没关系：为什么我们要进去？
我这位朋友斯丹法诺，请你到
里边去声言，你们的女主人就到来；
你们带着乐器到外边来迎接。

［斯丹法诺下。

多甜啊，月光躺在这坡上在睡眠！
我们就在此坐下，让音乐的声音
沁入我们的耳朵：柔和的寂静
与良宵，跟乐声的和谐调融为一。
坐下，絮雪格。你瞧，这浅碧的天宇

嵌满了灿烂的闪闪金光小碟儿，
你所见到的每一颗最小的天球，
无不在它转动中天使般唱着歌，
永远应和着幼眼的天童们的歌唱；
永生的灵魂都含有这样的和谐；
但当这些个泥污的腐朽臭皮囊
在外面包藏着，我们便无法听见。

[乐人们上。

来啊，奏一支圣歌来唤醒黛阿娜：
用最最甜美的吹弹沁入你们
女主人的耳朵，用乐声吸引她回家。

絜雪格 我听到柔和的乐声总心怀惆怅。

洛良佐 这是因为你的心灵异常敏感：
只须看一群粗野天成的牛犊，
或一簇未加驾驭过的青壮小马，
奔腾跳跃着，不停地哞叫和鸣嘶，
原来那就是它们狂放的血性；
它们若偶尔听到了一声喇叭响，
或者有一曲乐声进它们的耳朵，
你就会见到它们都一齐立定，
它们犷野的眼光被柔和的乐声
所中，会变成温存的注视：故而
诗人编造出奥菲斯能移动木石、
奔注流水的故事；因为再没有
东西太蠢笨、死硬或生性猖狂，
音乐总能一时间改变它的性情。

所以那个人，他性灵之中没音乐，
也不能用美妙乐声的谐和感动他，
是会策划叛逆、奸谋和掠劫的；
这样的家伙的心灵黝暗如黑夜，
他的感情黑沉沉跟冥府一般：
这样的人儿不能信赖他。听乐声。

［宝喜霞与纳丽莎上。

宝喜霞 我们瞧见的那光芒来自我客厅里。
一支小小的蜡烛，光线多么远！
在恶劣的世上做一桩好事便这样。

纳丽莎 月亮照耀时，我们便不见烛光。

宝喜霞 宏大的光辉使渺小的光芒晦隐。
一个替代人照耀得显焕像君王，
等到一位君主亲出场，那时节
他的威严便消失，像一条溪流
注入浩瀚的海洋。听啊！这乐声！

纳丽莎 这是您府邸里的乐声，姑娘。

宝喜霞 没有
东西是好的，我想，如果没比较；
我觉得这要比在白云听到更幽妙。

纳丽莎 夜静使它显见得更美妙，姑娘。

宝喜霞 若是没有人欣赏，乌鸦会唱得
跟云雀一般美好，而且我想来，
那夜莺，假使它在白日里嘤鸣，
当时每一只鹅儿聒聒在喧噪，
会被当作比鸥鹘不高明的歌鸟。

多少东西会被有利的时机
烘托得给赞赏至于尽善尽美！
嗨，悄悄的！月儿和她的安迪敏①
在酣睡，不容去惊醒。　［乐声止。

洛良佐　我若是没听错，
那是宝喜霞的声音。

宝喜霞　我声音难听，
好像布谷鸟，一下给瞎子听出来。

洛良佐　亲爱的夫人，欢迎您回家。

宝喜霞　我们
是在为我们的丈夫祝福，愿他们
因我们的祈祷更加得福。他们
回家了没有？

洛良佐　夫人，他们还没有；
可是有一名使从先来报他们
就要来。

宝喜霞　里边去，纳丽莎；关照下人们，
他们不知道我们出过门；您也不，
洛良佐；絜雪格，您也不。　［喇叭齐鸣。

洛良佐　您的郎君
就到了；我听到号声已经响：我们
不是搬嘴人，夫人；您不用担心。

宝喜霞　我看来这夜晚只是天光害了病，
它显得苍白些：它是这样个白天，
当太阳被云层所盖，没有了阳光。

［跋萨尼奥、安东尼奥、葛拉希阿诺及随从人等上。

玻萨尼奥 您若是在没有太阳的地方走路，
我们将跟地球那一边的人们
共享着白昼。

宝喜霞 让我发放出光明
可不要像光线那样轻飘；因为
一个轻飘的妻子会叫她丈夫
心头沉重，而玻萨尼奥可切莫
为了我如此：但一切由上帝主宰！
欢迎您回家，夫君。

玻萨尼奥 多谢您，细君。
欢迎我这位朋友。就是这个人，
我从这安东尼奥，真受惠无穷。

宝喜霞 您当真是从他那里受惠无穷，
因为，我听说，为了您，他受累无穷。

安东尼奥 算不了什么，现在一切都已经
解决了。

宝喜霞 大兄长，万分欢迎您光临：
这须得不是凭言语，要真心表示，
所以我一切客套的空话不说了。

葛拉希阿诺 [对纳]凭那边的月亮我起誓，您冤枉了我；
当真，我将它给了个法官的书记：
既然您，好人，把这事看得这么重，
我但愿要去的那人是个小太监。

宝喜霞 啊哈，已经在吵架了！是为什么事？

葛拉希阿诺 为了个金圈儿，她给我的那只
不值钱的指环，上面刻着的铭文，

简直跟刀箭匠刻在刀上的诗句
一模一样，说什么“爱我，毋相弃”。

纳丽莎 您管它什么铭文，什么不值钱?
我当初给您的时分，您对我发誓，
说您将戴着它一直到您临死时，
说它将跟着您葬在您的坟墓里：
即令不为我，也要为您的重誓，
您该当把它重视而保存下来。
给了个法官的书记！不，上帝
是我的法官，那个拿指环的书记
脸上永远不会长上毛。

葛拉希阿诺 他会的，
当他长大成人时。

纳丽莎 是啊，如果说
一个女人会变成个男子。

葛拉希阿诺 凭我
这只手我打赌，我把它给了个少年，
像是个孩子，发育不全的小家伙，
并不比您高，是那法官的书记。
那是个多话的孩子，讨去作酬劳：
我实在拗不过，没有法子给了他。

宝喜霞 是您的不是，我须得跟您说分明，
这么轻易地把您妻子的第一件
礼物白送掉；那是用誓言栽在您
手指上，以诚信紧箍在您骨肉上。
我给了心上人一枚指环，要他

发誓永远不脱手；他现在在这里；
我敢为他发誓他决不会脱手，
或卸下他的手指头，即使是为了
全世界的财富。当真，葛拉希阿诺，
您给了您妻子太过伤心的因由：
若是我的话，我真要恼得不答应。

跋萨尼奥 ［旁白］嗳呀，我最好还是斩掉了这左臂，
好发誓因保卫这指环才失掉了它。

葛拉希阿诺 跋萨尼奥公子送掉他的指环，
因为那法官向他讨，而他确实
应当有这个作报酬；跟着，那孩子，
他的书记，为谢他抄写上的辛苦，
讨了我的去；他们主仆两个人，
什么也不要，只要这两枚指环。

宝喜霞 您送掉什么指环，夫君？我希望
不是那只我给的。

跋萨尼奥 我若在错误上
再加撒谎，我便会否认：可是您
见到我手指上已没有指环：它是
没有了。

宝喜霞 您的假真心是这么空虚。
我对天发誓，我决不会跟您同床，
要等见到了这指环。

纳丽莎 我也不会上
您的床，要等见到了我的才算数。

跋萨尼奥 亲爱的宝喜霞，

您若知道我给了什么人这指环，
您若知道我为谁给了这指环，
并且能设想为什么我给这指环，
以及我多么不愿给掉这指环，
当什么也不肯接受，只除这指环，
您是会减轻您这层不快之感的。

宝喜霞　您若知道这指环有什么好处，
或是给指环的那人的一半美德，
或是保存这指环您有何光荣，
您就不会轻易地捐弃这指环。
天下有什么人这样不讲道理，
假使您只要高兴用一点热情
保卫它，那人会那么缺乏礼让，
非拿去人家作礼仪的东西不可？
纳丽莎教了我相信是怎么回事：
我誓死认为是什么女人家拿了去。

跋萨尼奥　不是，凭我的荣誉，凭我的灵魂，
细君，不是什么女人家，是一位
法学博士，他不受我三千金特格，
却讨我这指环；我起初回绝了他，
让他不欢而别去；就是这个人，
他救了我这位亲爱的好友的生命。
我该说什么，好夫人？我被迫随后
送给他，我满腔的羞惭，情理不容我
不那样；我的荣誉不容许给忘恩
负义所污毁。宽恕了我吧，好夫人；

因为，凭这无数天上的圣烛光
我起誓，您当时如果在场，我相信
您也会央我将指环送给这博士。

宝喜霞 别让那博士来近我这宅邸：
既然他已到手了我爱的那珍宝，
那是您曾起过誓要替我保存的，
我便要变得和您同样地慷慨；
我不会对他吝惜我所有的一切，
不惜我自己的身体，我丈夫的床：
我定要认识②他，这是肯定无疑的：
故而，一宵也不要宿歇在外边；
像个百眼怪③那样守着我；您若是
不那样，留我成孤单一个人，那时节，
凭我的光荣，这还是我自己的所有，
我将叫那个博士跟我同衾枕。

纳丽莎 我要他的书记也这样；故而要当心，
您如果撇下我独自一人的辰光。

葛拉希阿诺 好吧，您便这么办：那么，别让我
抓到他；否则的话，我将折断
那少年书记的笔。

安东尼奥 这场吵架
都是我起的因由。

宝喜霞 大兄长，莫难受；
您是照样受欢迎的。

跋萨尼奥 宝喜霞，请恕我
这个硬加在我头上的过错；而且

这么许多朋友都在此能听到，
我对您起誓，凭您的这双美目，
在其中我见到我自己——

宝喜霞 你们且听他！
在我两只眼睛里他双重瞧见
他自己；每一只眼睛里一个人：凭您
双重的人格去发誓，那便是您所谓
信用的誓言。

跋萨尼奥 不然，可是听我说；
宽恕这过错，凭我的灵魂我发誓，
我将决不再违反我对您的誓言。

安东尼奥 我曾有一次借我的生命为他
筹财富；若不是由于有了您夫君
那只指环的那个人一力相挽救，
我这条性命早已完结了：我敢于
再作保，我的灵魂作抵押，您夫君
决不会再一次故意毁信破誓约。

宝喜霞 那么，要请您替他作担保。将这个
给他，叫他要保存得比那只更好。

安东尼奥 这儿，跋萨尼奥贵公子，宣誓
你要保全这指环。

跋萨尼奥 天啊，这就是
我给那博士的！

宝喜霞 我从他那里得来的：
原谅我，跋萨尼奥；因为，凭这只
指环我起誓，那博士昨夜同我睡。

纳丽莎　　对我也原谅，温蔼的葛拉希阿诺；
因为那个发育不全的小家伙，
那博士的书记，为了这指环昨夜
也跟我同眠宿。

葛拉希阿诺　　　　　　嗳呀，这好像在夏天
修公路，那时节路面铺得很平整：
什么，我们就平白当上了王八吗？

宝喜霞　　别说得这样粗俗。你们都诧异：
这里有封信；你们有空时念念它；
这是从帕度亚来的，自培拉里奥：
从信里可知宝喜霞就是那博士，
纳丽莎是她的书记：洛良佐在此
将作证，我和你们是同时出发的，
只适才刚回来；我还没有进屋门。
安东尼奥，欢迎您光临；我还有
比您所预期的更好的消息保存着
给您：请您就打开这封信；在那里
您将发现您三艘满载的海舶
忽然进了港：您不会想到，因什么
难期的意外我会碰上这封信。

安东尼奥　　我惊奇得哑口无言了。

跋萨尼奥　　　　　　　　　　您就是
那博士而我认不出您吗？

葛拉希阿诺　　　　　　　　　　您就是
那书记而叫我当上王八吗？

纳丽莎　　　　　　　　　　　　唔，

可是那书记决不想做那件事，
除非他长大得成了人。

跋萨尼奥　　　　　　　　　　　甜蜜的博士，
您得做我的同床人：当我不在时，
跟我的妻子共衾枕。

安东尼奥　　　　　　　　　　可爱的夫人，
您给了我生命和生活；因为在此
我得知，我的船舶已安全进了港。

宝喜霞　怎么样，洛良佐？我的书记也有些
安愉给与您。

纳丽莎　　　　　　　哦，我将把它们
给与他，不收什么费。那里我给与
您和絜雪格，出自那犹太富翁，
一纸赠与的特别文据，说是
他死后，他给您他所有的一切遗产。

洛良佐　姣好的夫人们，你们在饥民面前
降落了甘露。

宝喜霞　　　　　　　天差点就要亮了。
可是我确信你们还要把事情
知道得更加详情些。我们里边去；
你们可以向我们详细询问，
我们会诚心把一切尽情回答。

葛拉希阿诺　就这样好了：第一个询问要求
我的纳丽莎宣誓申言的乃是，
她是否愿意等到第二天夜幕上，
还是现在离天明两小时就上床：

但若是白日来临，我愿它变昏沉，
我方好同那博士的书记同衾枕。
好吧，我活着什么东西都不怕，
只怕丢了纳丽莎的指环祸事大。

［同下。

第五幕　注释

① 安迪敏（Endymion）是古希腊神话里的一个美少年，原来是个牧童，天王宙斯（Zeus）使他永久年少而熟睡不醒。月神赛丽妮（Selene）恋爱他，晚上悄悄来抚弄他。

② 原文这里的 know 意义双关，解作“认识”，也解作男女性交，这是把这个字本来所含有的两层涵义兼而有之。

③ Argus，古希腊神话中的百眼巨人。

译于一九七六年五至七月间